Een vader voor Elizabeth

1998.

Geertrui Daem

Een vader voor Elizabeth

Verhalen

Meulenhoff Amsterdam / Manteau Antwerpen

© 1994 A. Manteau nv, Antwerpen en Geertrui Daem
Eerste druk augustus 1994
Tweede druk september 1994
Omslagontwerp Toni Mulder
Foto achterplat Willy Dee
NUGI 300

Voor België
Uitgeverij A. Manteau nv, Antwerpen
ISBN 90-223-1331-X
D 1994 0065 42

Voor Nederland
Uitgeverij J.M. Meulenhoff bv, Amsterdam
ISBN 90-290-4806-9

Inhoud

Elke gelijkenis met gebeurtenissen of personen uit de realiteit berust op puur toeval.

Een vader voor Elizabeth

De aardappelen zijn nu wel voldoende afgekoeld. Wilfried slaat het advertentieblad op de tafel precies in het midden open en schudt zorgvuldig de inhoud van het pannetje uit over de programma's van de cinema's Rio en Majestic. Langzaam pelt hij de eerste klasse bintjes. 'Een patat zijn vitamienen zitten vlak onder de schil en als gij hem schilt, zijt ge ze kwijt,' zei zijn moeder altijd. Hier en daar steekt hij met de spitse nagel van z'n duim nog een oog uit en ondertussen overloopt hij onder de hoofding 'Allerlei' de rubrieken 'Gevraagd' en 'Te koop', om te zien wat mensen zoal kunnen missen of gebruiken, voor hij ze toedekt onder de flinterdunne aardappelvelletjes.

De semi-direct naar Oudenaarde van 13.10 u. passeert met het gebruikelijke gedender achter het huis. Het is exact 13.18 u.

''t Rijk volk eet nooit vóór 1 u. 's noenens,' zei zijn moeder.

Tevreden rangschikt hij de blanke bintjes in de braadpan, boven op het vet van de kotelet. Hij vouwt het annonceblad met de schillen tot een keurig brandstofpakket, dat hij in de overvolle kartonnen doos onder de tafel propt, schuift de steelpan voor zich en eet.

Het zonlicht priemt door de openstaande achterdeur en breekt op de kapotte tegels van het kleine keukentje. Een gat waarin ooit een deur had moeten komen, verbindt de keuken met de woonkamer, vanwaar Wilfried de mussen (die zaaien noch maaien) hoort tsjirpen. Door de omlijsting van de achterdeur kijkt hij uit op zijn smal stukje spoorberm. Deze eerste zonnige dagen schiet het kruid tussen de keien en kiezels door. 'Wat groeit er in mijnen hof? Den talud van den ijzeren weg. Wat nog?' Hoewel, talud is veel gezegd. De trein glijdt hier praktisch over de velden, los door de tuintjes en rakelings langs de achtergevels zodat ge, als ge niet van hier zijt of eens niet goed oplet, u kunt laten verrassen.

Aan de onbewaakte overweg bijvoorbeeld, zo'n tweehonderd meter verderop. Hij weet van vijf ongelukken sinds hij hier woont, allemaal met dodelijke afloop. Ze hebben enkele jaren geleden wel een bel en een licht geïnstalleerd, maar zonder slagboom haalt dat niets uit. Van de winter nog is er een koppel per auto – altijd per auto – niet meer over geraakt. Vensters toe en bedoomd, autoradio aan en van niets nog wezen, ge kent dat. De direct naar Oudenaarde was ondanks de vrieskou schoon op zijn tijd geweest. De brokstukken lagen tot bij zijn achterdeur. Hij had nog helpen zoeken met de brancardiers en een paar gezinnen uit 'de villa's van over de route'. 't Was op een zondag. Hij mocht het dan al eerder meegemaakt hebben, toen hij op zo'n honderd meter voorbij zijn achterdeur die naakte vrouwenarm had zien liggen, was hij er toch niet goed van geworden.

Hij was beginnen overgeven, zonder stoppen. Van heel de dag had hij geen pint kunnen binnenhouden, en 's nachts had hij in bed nog liggen braken. Toen hij in slaap was gesukkeld, droomde hij over niets anders dan armen: grote sterke, kleine mollige, zachte, verrimpelde... Van overal doken ze op, alle mogelijke afzonderlijke armen, en ze waren zo verrassend mooi, zo volmaakt rondom hem aanwezig, dat het leek alsof ze uit de hemel waren gevallen om hem te troosten.

De oude Noëlla, die vroeger in het huisje naast hem woonde – een identiek cité-huisje, hoewel er bij zijn of haar weten nooit een fabriek in de omgeving had gestaan – en met wie hij 'het huizeke' had gedeeld (alleen voor de grote commissies, want ze piste rechtstaand, met gespreide benen, op haar stoepje of tegen het talud), had hem met exacte gegevens voorbereid op de te verwachten treinaccidenten. 'Als ge z'n freins hoort janken gelijk een zotgedraaide sirène, dan weet ge hoe laat 't is... De direct naar Oudenaarde doet er garantie twee keer zo lang over om te stoppen als die naar Denderleeuw, omdat hij juist met volle vitesse demarreert... Achteraf blijft zo'n machine hier nog urenlang staan, ge vraagt u feitelijk af waarom, 't is toch geen avance meer en al dat volk komt te laat...'

Wilfried heeft Noëlla ooit twee mannen uit haar huis zien zetten. ''t Waren deugenieten.' Zonder verdere commentaar. Nadien was ze zich over hem gaan ontfermen, 'omdat hij 'n serieuze mens was,' zei ze. Hij had haar nooit iets gevraagd, haar nooit als eerste aangesproken, haar altijd bedankt als ze hem wat van haar eten toestak. Ze zette dan een kommetje of een afgedekt bord op de trap aan zijn voordeur, al moest ze daartoe voorbij zijn meestal openstaande achterdeur én rond het huis lopen. 'Bij mij komt er geen éne vent nog over de vloer. Al moet ik nu vaneigen zelf geen aanleiding geven...' Daarmee ging ze door tot ze haar twee kleinkinderen in huis nam: een meisje mét en eentje zonder hazelip. 'De tienezels van mijn enige dochter.' Ze bracht hen alletwee aan de man – het blondje met de hazelip was nog het eerst getrouwd – voor ze met haar vleesboom naar de kliniek vertrok en niet meer terugkwam. Sindsdien staat haar huisje leeg.

Wilfried heeft met zijn laatste aardappel de pan proper gewreven en baant zich tussen de opgestapelde stoelen, kasten, dozen, kapstokken en niet te identificeren voorwerpen een doorgang naar het keukentje. Hij laat wat kraantjeswater in de pan lopen, dan in zijn handpalmen, en strijkt zich over het haar. Voorzichtig tastend aan zijn nek, zijn slapen en zijn voorhoofdslok kamt en modelleert hij zijn haar met een metalen kammetje, en met veel liefde. 'Zo'n schone kop krollen... Jongen, er groeit een fortuin op uw kruin... Past maar op, want daarvan gaan ze niet kunnen afblijven, de meiskes...' De gezegdes van zijn moeder...

Stilletjes zoemt hij in zichzelf, mmm... mmmmmm..., een hoog, iel geluidje dat ergens ter hoogte van zijn sinussen ontstaat, vanzelf, zoals het spinnen bij een kat, en al even onbewust.

Hij laat de kam in z'n achterzak glijden. Het steeltje blijft er uitsteken, klaar om op elk moment gegrepen te worden. Aan een antiek pijpenrek bij de deur hangt naast de sleutels zijn uitgaansceintuur: een stevige leren broeksband, versierd met stiksels en nagels en een hoefijzer met paardekop als sluiting. Wilfried gespt de brede riem laag om de heupen. Zoals Elvis Presley. Nadat hij de deur heeft gesloten, steekt hij de sleutel in de gescheurde zitting van een artdecostoeltje dat, wegens plaatsgebrek binnen, tegen de gevel dienst doet als tuinbank, en hij gaat even zoemend zitten, met de ogen dicht, in de zon. 'Och Here, de sukkelaars die in een trein of een auto moeten zitten, met zo'n schoon weer...' zou Noëlla hebben gezegd. De zon steekt. Hij houdt op met zoemen en vertrekt.

Maria heeft de deur van café De Korenbloem opengezet en haar vochtige dweil dubbelgevouwen over de drempel gelegd. Met de rest van het zeepsop schuurt ze de stoep. 'Elke overandere dag doe 'k mijn kasseiken.' Het Heilig Kasseiken. Zo noemt iedereen haar kasseiken en haar café, en zij is Maria-van-'t-Heilig-Kasseiken. Zij mag dat niet horen, maar vraag niet naar De Korenbloem, want die weten ze niet liggen. Een hoekhuis recht over de zijingang van het oude kerkhof dat niet meer gebruikt wordt. Als ge niet van hier zijt, denkt ge misschien dat dat 'heilige' van het kerkhof kwam overgewaaid. Van achter de vensters, links en rechts naast de deur, ziet ge door het hek en over de muur de cipressen en de verwaarloosde arduinen kruisen. Kinderen fietsen en rolschaatsen hier en ze maken vooral lelijke zwarte strepen op Maria's heilig kasseiken, die ze er met de beste wil van de wereld niet meer uit krijgt, 'en dat doen ze expres!'

'Ha, de Wilfried!' zegt Maria als ze zijn voetstappen achter zich hoort, en ze duwt met de trekker het heldere spoelwater over de rand van de stoep.

'Dag, Maria. 'k Heb de zon mee vandaag.' Hij blijft wachten in de goot, buiten het bereik van de spatjes.

'Altijd!'

Hij kijkt hoe ze het water voor zich uit naar het rioolputje drijft om dan, als ze klaar is, letterlijk in haar voetsporen naar binnen te gaan.

'Laat de deur maar open, Wilfried. Met wat trok droogt het beter.'

Op de tippen van zijn tenen trippelt hij naar zijn plaats aan de toog, waar Maria al een pint klaar zet, nog voor ze emmers en kuisgerief naar het koertje brengt.

'De Schele is er niet?'

'Wablieft?'

'Dat de Schele er niet is,' glimlacht hij.

'Ja, dat geloof ik! Hem eerst op een ander strontzat zuipen en dan hier de boel komen onderspuwen!' zegt Maria en ze roept, in één adem, naar de keukendeur achter de tapkast: 'Claire! 't Is tijd voor de kleine!' en dan weer tegen Wilfried: ''k Heb hem buitengezwierd!'

'Voor altijd?' Hij kijkt vol ontzag naar Maria's kloeke présence.

"k Heb hem bij zijn mouw gepakt,' ze demonstreert het met haar eigen opgerolde mouw, 'en 'k heb hem naar de overkant gesleurd, tot tegen het hekken. 'k Zeg, luistert hier, manneken, dat lapt ge mij geen twee keren! Trapt het maar af! Ge hadt hem moeten zien wegpeddelen... En dat ik u hier niet meer zie! roep ik achter zijn gat, niet voordat ge *bij mij* zat naar buiten stapt!' Ze brult als tegen één die doof, blind en stom is. Dan begint ze hees te lachen, haar dikke armen schudden. 'Valt hij, Wilfried, uwe frank?' Ze neemt zijn leeg glas, spoelt het uit en vult het opnieuw, zodat hij de tijd krijgt om zich bewust te worden van zoveel slimheid.

Hij drinkt van Maria's helder, fris en perfect getapt bier. De schuimkraag laat op zijn bovenlip een fijn wit snorretje achter. 'Wel wel,' zegt hij, en hij wrijft over zijn mond.

Claire, die juist met haar kind uit de keuken komt, denkt dat hij het tegen haar heeft en lacht: 'Voilà zie, hier zijn we!'

'Dag Elizabetteke... Krijg ik een schoon polleke van u?' vraagt Wilfried met een hoog stemmetje aan het nietige meisje. Ze is zes en heeft wallen onder haar ogen als een vermoeide volwassene. 'Ik krijg nu al onder mijn kloten dat ik te laat ben!' Ze negeert zijn uitgestoken hand en loopt voor haar moeder de deur uit.

'Tot subiet!' wuift Claire van opzij, met gestrekte vingers. Ze heeft die felgekleurde, laag uitgesneden blouse van verleden jaar aan – 'Mijn topken' – op een kort zwart rokje. Dat gaat haar goed af, denkt hij. In de winter is ze aan de heupen wat breder geworden, maar dat zit in de familie. 'Onze coffrefort.'

'Uw Claire trekt toch goed op u, Maria,' zegt hij.

Maria, die twee bierglazen water leeggiet over haar vetplanten op de vensterbank, kijkt door het raam en zucht. 'Maar van wie ze dát heeft, dat jong... 't Doodnijpen niet waard!' Ze gaat achter de toog staan en tapt zich de eerste pint. ''k Zou 't niet weten. Z'is pourtant verstandig, die klein, maar ja, dat eet niet! En ik die daar 's noenens speciaal voor kook... Van dat goed, vet, smakelijk eten... Maar ge moet dat aan tafel zien zitten pezeweven!'

''k Was vroeger ook 'n moeilijke eter, naar 't schijnt,' zegt Wilfried om haar te troosten.

'Waar moet dat naartoe? Zo'n frêle dingske...' jammert Maria, en ze kijkt heel bedrukt.

'Tegenwoordig eet ik heel goed, en toch blijf ik pezig, want dat is mijnen aard,' zegt hij, met ongewoon veel aandrang.

Maria kijkt hem nadenkend in de ogen. Wilfried wendt de blik af.

'Ge moet per slot van rekening niet vlezig zijn om toch spieren te hebben...' probeert hij haar nog te overtuigen.

'Ons Claire is geen gemakkelijke!' zegt Maria, zijn toch niet onzinnige uitleg negerend. Ze trekt haar wenkbrauwen hoog op: 'En met de eerste de beste meegaan... waarom zou ze? Ze heeft het hier goed. Noem mij één plaats waar ze het beter zou hebben!' Daar heeft Wilfried geen antwoord op. Toch niet direct. 'Amateurs genoeg, daar niet van... 't Schaap was nog geen dertien of 't mansvolk zat al naar haar te loeren,' lacht ze vertederd. 'Zo'n felle brok... Ge moet nu eens serieus zijn...' Wilfried is serieus. 'Hoeveel dat er mij niet komen zeggen dat 't kind van hun is!' lacht ze uitdagend.

Zijt ge wel zeker dat 't niet van mij is? wil hij haar vragen. Met zo'n leep lachje langs één kant van zijn mond, gelijk Elvis Presley. Helaba, valt hij, uwe frank... schoonmoederke! Maar hij begint zenuwachtig naar zijn pint te knipogen, en zegt stilletjes: 'Ja... zo is 't, mens...'

Maria voelt zich gesteund. 'De laatste die heeft laten verstaan dat 't van hem zou zijn, da's die Werner, die daar aan 't Houten Hand woont... Da's toch ook zo'n schrale...'

'Ha, die...' Wilfried zou kunnen opspringen en regelrecht naar 't kruispunt 't Houten Hand lopen om die Werner daar zonder pardon op zijn smoel te slaan.

'Rappeleert ge u dat die hier toen ook al kwam?'

Hij trekt zijn mondhoeken misprijzend naar beneden, 'Bah neen, hij...' en hoopt dat ze er verder over zwijgt.

'Pas op, 'k geef haar geen ongelijk dat ze niet getrouwd is! Maar dat ze 'm niet laat afdokken voor zijn jong...' gromt Maria, alsof het vaststaat dat Werner de vader is. Ze schudt zich een Belga uit het pakje.

'Ha, omdat 't van hem niet is, tiens!' Wilfried kijkt haar van onder zijn wenkbrauwen veelbetekenend aan en begint zachtjes te zoemen.

'Enfin, 't zijn uw affaires niet...' concludeert Maria, terwijl ze zich in de keuken terugtrekt om af te ruimen en zich wat te verfrissen. Ze laat de deur op een spleet, voor als er volk komt of als ze eens iets naar Wilfried wil roepen.

Elizabeth, denkt Wilfried, ge ziet dat groeien en toch eet dat niet. Hij had haar nog in zijn armen gehouden. Op het doopfeest. Claire zat als een koningin-moeder naast de biljart, waarover Maria die zilveren plastic bâche had gespreid. Daarop lag ze, in een zelfgehaakt dekentje gewikkeld: de kleine, mollige, roze, kale Elizabeth. Ze zeiden allemaal dat ze 't toch zo'n schoontje vonden. 'De lelijkste kinderen worden bij 't opgroeien de schoonste mensen. En omgekeerd,' zei zijn moeder altijd. Claire had een vat gegeven, en hij had er op hun gezondheid het meeste van gedronken. De ene stamgast na de andere kwam de moeder proficiat wensen en openlijk of verdoken naar de vader vragen. Claire, nog altijd in positiekleed, loste niets. Ze straalde en glimlachte.

'Allez, ge moogt nu allemaal eens raden wie de papa is!' riep ze hooghartig toen het vat ver leeg was en het gedrum rond de biljart en rond haar begon weg te ebben. 'En als ge 'r op zijt, geef ik nog een vat!'

Het was afwachtend begonnen, gelijk in een roepzaal voor ze het eerste bod doen. Wilfried keek gespannen naar haar gezicht. Zij zat rustig rond te kijken. Toen viel er een naam. Walter, dacht hij. Claire gremellachte eens en zei: 'neen,' kort en krachtig. Dan begon er stilaan vaart in te komen. De ambiance ging gelijk op met het aantal namen én het aantal ontkenningen. Alle mogelijke en onmogelijke kandidaten werden geroepen. Toch zei niemand: Wilfried, en hijzelf zei niets. En Claire zat daar, met één hand op de buik van haar kind, gelukzalig te stralen en te prevelen: 'Mis... mis... weeral mis...'

De voorraad raakte uitgeput. 'Moedermaagd!' riep Zotte Frans profetisch. ''t Zal begot toch niet van den Heilige Geest zijn!' Daarop gaf ze het tweede vat, 'want ge vindt het toch nooit niet!'

Dan was het gebeurd. Maria, die dat zottekesspel stilaan beu werd, zette de juke-box keihard. Claire liet het bundeltje op de biljart achter en begon te dansen met haar vader, 'de Tuinkabouter'. Wilfried ging eens naar het feestvarkentje kijken. Het sliep. Hij deed zijn best om het schoon te vinden. Ineens kon hij zich niet meer houden en hij nam het op, in zijn armen. Het woog niks. Hij begon te dansen. Hij draaide ermee in het rond. Het ging heel goed. Elizabeth opende haar ogen en ze lachte zelfs naar hem. Maar 't was dat stom dekentje. Het was tussen zijn vingers blijven haken en een lomperik, waarschijnlijk de Schele, gaf hem een stomp in z'n zij, onverwachts. 'Gij verdoemde zatte kloot!' schreeuwde Claire in zijn gezicht. 'Ze was bijna de kop in!' Maar het was niet erg. Hij had de slag tegen de rand van de toog opgevangen. Zat of niet, hij had goeie reflexen. Het bloedde niet eens. Hoewel, dat een borelingske al zo'n keel kon opzetten, dat had hij nooit gedacht...

'Of dat ge geen mensen meer kent!'

Mariette komt na haar middagslaapje binnenge-schuifeld en gaat met haar onafscheidelijke bood-schappentas bij het venster zitten.

'Is 't Beauty?' roept Maria vanuit de keuken.

'Eentje van 't schap,' kirt de ouwe Mariette, ter-wijl ze in haar tas naar haar poederdoos graait en de rode cirkels op haar wangen nog wat guller aanzet. Bij de Bevrijding noemden de Canadezen haar Beau-ty – in plaats van Mariette-dikke-tet – en dat doet Maria nu af en toe nog.

Ze grijpt weer in haar tas. ''k Heb iets voor u,' zegt ze tegen Wilfried. Ze vindt haar lippenstift en draait met haar kromme vingers de lange rode punt naar boven. 'Thuis. Nog van mijn tante geweest. Een magnifiek stuk. Haar piédestal...' zegt ze verkapt ter-wijl ze zich nauwgezet een andere, volle mond verft.

'Er is geen vraag meer naar zulke dingen,' ant-woordt hij, de vakman-brocanteur.

'Geld waard, zeg ik u. Met gedraaide poten en al. Wreed oud, en helegans handwerk!'

'Memel?'

'Nee... Misschien... een klein beetje...'

'Als 't mij past zal ik eens komen kijken,' zegt Wil-fried, die niet te veel interesse wil tonen. 'Als 't dan toch maar in uwe weg staat...'

'Bah nee 't, maar als ik u een plezier kan doen, hé, Wilfried...' lacht Mariette uitdagend.

Maria verschijnt met een tripel van 't schap. Ze heeft een zwart glitterkleed aangetrokken.

'Ohlala,' krijt Mariette, 'is 't kermis vandaag?'

Maria glimlacht. Dan tast ze, ernstig, met haar éne vrije hand over de overvolle jurk die als een tweede vel rond haar lijf zit: armsgaten, corsage, lenden, heupen... 'Ik dacht, wat moet dat in mijn kast hangen doen? Ge draagt dat nog één keer, bij een begraving of een trouw, en dat is 't dan geweest. Want voordat ge 't weet, is 't gedemodeerd of geraakt g'er niet meer in,' glundert ze.

Wilfried ziet van opzij de malse trap van haar borst naar haar maag en haar buik.

'Uw schoon dingen moet ge niet sparen,' beaamt Mariette, en ze nipt profijtig van haar trappist die ze daarna afdekt met een bierkaartje, zodat er geen vliegen in kunnen vallen.

''t Wordt precies al wat smal op mijn borst,' zegt Maria. Ze neemt de stof ter hoogte van haar boezem vast en trekt en sleurt er eens goed aan. 'Chance dat het jersey is, dat geeft goed mee!'

''t Zit u gegoten, kind! Wat vindt gij ervan, Wilfried?' giechelt Mariette. 'Gij hebt toch verstand van antiek?'

'Gij ouwe kapel!' roept Maria gemaakt kwaad tegen Mariette, terwijl ze haar een stomp geeft.

Beauty, schaamteloos gerimpeld, heeft recht van spreken en lachen met al wie jonger is dan zij. Niemand weet precies hoe oud ze is. 'Drieënzestig,' zegt ze zelf al jaren, 'en ouder worden doe ik niet meer.' Voor elk geïnteresseerd mansmens haalt ze met plezier haar verkreukelde identiteitskaart uit het plasticje. Die circuleert dan door gans het café. (Ge kunt niet zien dat er aan het jaartal geprutst is.)

'Alleen van meubilair heb ik verstand,' zegt Wilfried, hoewel zijn antwoord niet meer verwacht wordt. 'Schenkt mij nog eens vol, Maria!'

Ze loopt heupwiegend naar de toog. Achter haar rug trekt Mariette grote, verrukte ogen van Maria's coffre-fort naar Wilfried en terug.

'Allez allez, Wilfried, bij de beenhouwer vraagt ge u toch ook een goed stuk vlees gelijk alleman,' grimast Beauty.

Die twee zien mekaar graag, denkt Wilfried, en als ze slaan, is het om nadien te kunnen zalven.

'Gij hebt uw schoon dingen ook nooit gespaard, hé Beauty,' lacht Maria, en ze knipoogt naar Wilfried terwijl ze hem een verse pint voorzet. Op het lijstje schrijft ze onder zijn naam de datum en twee streepjes.

Claire verschijnt breed glimlachend in het deurgat, met op de drempel een schichtige, alle richtingen uit kijkende Schele.

'Wat hebt ge daar nu van straat geraapt!' roept Maria bestraffend. (Haar kind heeft toch een goed hart.) De Schele, achter Claire, wipt van zijn ene been op zijn andere

'Ma, hij heeft er spijt van, zegt hij, en hij zal het nooit meer doen.'

'Amen!' schettert Mariette. Claire heeft er plezier in.

'Kan hij godverdomme zelf niet meer spreken?' buldert Maria. Maar ze draait zich resoluut om en neemt een Horse Ale-glas van het rek: een verzoenend gebaar. 'Een paardje, Schele?'

'Alstublieft... En pakt u ook iets,' aarzelt de Schele. En terwijl hij binnenkomt en ziet dat er toch weinig volk zit: 'Geeft die mensen er ook maar ene.'

'Amaai! Waar hebt gij zo rap schoon manieren geleerd?' Mariette drinkt haar trappist in één geut leeg.

'Vergeet mijn coupke niet, Schele!' roept Claire, die een stoel neemt en de straat oversteekt om tegen de kerkhofmuur in het zonnetje te gaan zitten. 'Of 'k doe voor u nooit geen goed woordeke meer!'

'En een Baby-Champke,' fluistert Jean-Pierre – want zo heet de Schele – verslagen tegen Maria.

'Dat gaat u hier een noot kosten, maat,' zegt Wilfried vol medeleven. Hij heeft nu twee volle pinten voor zich staan. 't Is feitelijk een sukkelaar, de Schele. Geen nagel om zijn gat te krabben. Hij mag af en toe een zakske met gedragen schoenen of een versleten kostuum afhalen op de pastorie. Daardoor is hij de enige van 't Heilig Kasseiken die altijd een kostuum draagt. 's Zomers met de pijpen afgeknipt tot boven zijn knieën. Dat doet hij zelf.

'Allez, Schele, op uw thuiskomst!' klinkt Claire van de overkant, met dichtgeknepen ogen.

Precies een reclame zoals ze daar zit, denkt Wilfried, een zicht uit een folder voor de Côte d'Azur.

'Santé, schone bloem!' roept hij overmoedig naar haar. En van pure blijdschap slaat hij de Schele opeens hard op zijn schouder. 'Ge zijt gij geen kwaaie, gij!'

'Met die warmte beginnen de mosselen al ferm te rieken!' roept iemand buiten. De man kijkt boven zijn donkere bril naar de zonnende Claire voor hij zelfbewust, de benige armen breeduit naast zijn lichaam, naar binnen stapt. 'Voor mij een fluit,' zegt hij, terwijl hij de sleutels van zijn occasie-BMW krachtig op de tapkast slaat.

Het is Werner.

'Hier zitten de mannen van 't schoon leven, zie!' roept hij alsof het bij zijn bestelling hoort. Zijn arm beschrijft joviaal een bijna volledige cirkel. 'Wat nieuws? Niet te veel overstressed?' Omdat hij binnen handbereik zit, krijgt de Schele opnieuw een forse mep op zijn schouder. 'Hahaha!' De Schele wankelt en lacht geluidloos, verontschuldigend mee.

'Jongens,' lacht Werner naar Maria, 'ik heb er daarjuist weer ene een post zien pakken! Aan 't rondpunt, vlak voor mijn deur. Een Mazda! Die had nog nooit over voorrang van rechts gehoord, geloof ik. Héél zijn voorstuk weg! Dat hadt ge moeten zien!' roept hij uitnodigend naar Claire. Ze komt geamuseerd luisterend tegen de deurpost leunen en houdt haar coupke tegen haar wang. ''k Denk, ja jongens, dat is hier een godswonder als er geen dooie tussen zit... Maar die vent had niets. Niets! 'k Zweer het u! En hij was heel zijn voorstuk kwijt, hé! Hij had zelfs zijn gordel niet aan!'

'Tsss...' sist Claire, haar grote ogen vol bewondering. Wilfried ziet hoe ze langzaam één been plooit (waardoor haar rokje omhoogkruipt) en met haar voet tegen de deurstijl steunt terwijl ze, de mond lichtjes geopend, naar Werner luistert. Boven haar topke, waar haar borsten beginnen, glimt het.

Zweetdruppeltjes. 'Niet alles wat blinkt is goud...' zei zijn moeder altijd.

''k Zeg, veegt dat hier maar naar binnen, kameraad! Ik zal er wel wéér een auto van maken! Hahaha!'

Claire, die juist drinkt, giechelt en verslikt zich. Ze krijgt tranen in haar ogen. Werner gaat voor haar staan, zodat Wilfried alleen nog zijn rug ziet en een stukje van Claires kortgeknipte 'jongenskopke'.

'Veegt dat hier maar allemaal naar binnen, zeg ik, hahaha!' herhaalt Werner, benen gespreid in de blauwe overall, fluit in de ene hand (hij drinkt alleen Tuborg), andere hand in de zij.

'De ene zijn dood is de andere zijn brood,' zegt Maria diepzinnig.

Hoewel hij niet moet, glijdt Wilfried van z'n kruk en hij verdwijnt door de achterdeur. 'Begint die auto maar al te repareren!' roept hij van op het koertje, en hij gooit de deur nijdig dicht. 'Blagueur!'

'En 't mag allemaal geen frank kosten! Kent ge dat?' gaat Werner, die hem blijkbaar niet gehoord heeft, breedsprakig verder. 'Pare-chocs weg, koplampen weg, radiateur weg... Ze peinzen precies dat het allemaal voor niets is!'

Wilfried staat bij het pissijn. Zijn handen beven. Hij hoort Werners schelle stem doorratelen. Dan weer het kirrende lachje van Claire. Of is het Mariette? Hij heeft al eens tranen in haar ogen gezien, toen ze hem 'verdoemde zatte kloot' noemde. 't Is een vernijpelingske, denkt hij. Ik steek met kop en schouders boven hem uit. Zelfs Claire is een halve kop groter. Een schrale. Maria zegt het zelf. Een stuk pretentie met een wijvenstem. Wilfried weet maar al te goed van wanneer Werner naar 't Heilig Kasseiken komt. Van lang nà Elizabeth.

Tussen Kerstmis en nieuwjaar, op een vrijdagavond, is Werner hier voor 't eerst komen binnenvallen. Wilfried kende hem alleen als 'die van de garage aan 't Houten Hand' (een vettig zwart gat in de grond, maar héél goed gelegen). Op de toog, tegen de muur aan geschoven, stond de kerstboom. Er hingen mooie vierkante sleutelhangers aan, met een in plexi gegoten échte korenbloem. Om plaats uit te sparen, en omdat het stalletje vorig jaar toch constant op de grond was gevallen, had Maria alleen het kribbeke op een dikke pluk watten onder de open geplooide boom gelegd. Pal daarnaast had Wilfried zijn pint gezet. Zo wist hij ze altijd terug te vinden.

Maria had de biljart opzijgeschoven. Er is hier nooit zoveel volk geweest als met Kerstmis 't gepasseerd jaar, zegt ze sindsdien. Wilfried had de hele avond gedanst en gedronken, meegezongen met de juke-box, gelachen, nog meer gedronken, zelf al eens een woordeke gelanceerd, maar vooral met hart en ziel gedanst. Met álle vrouwen, Claire incluis. Want er is er geen één die kan swingen als hij. Zeker als hij wat in de wind is, dan is er geen houden meer aan.

Iedereen trakteerde iedereen, alsof ze één grote familie waren. Er viel geen enkel hard woord, of het was bijgelegd of vergeten nog voor het werd opgemerkt.

'Nu alleen nog een beetje kunnen zingen, en ge zijt precies helegans Elvis!' riep Maria boven de tonen van *Jailhouse Rock* naar hem. En iedereen applaudisseerde. Het was de dag van zijn leven!

Onder de slows rustte hij uit, bij zijn pint naast de kerstboom. Maar de vierde of vijfde keer dat *So this is Christmas* van John Lennon werd gedraaid, kwam Claire naar hem toe. 'Ik wil met u eens een echte plakker dansen,' zei ze, en ze sloeg ineens haar armen rond zijn nek. Zomaar. Ze dansten. Hij voelde haar zweet door haar kleren in zijn handen. Natte haarsliertjes plakten in haar nek. (Haar haar was toen langer.) Zonder iets te zeggen drukte ze zich dicht tegen hem aan, héél dicht. Ze verloor het ritme en danste uit de maat, en Wilfried werd bang dat hij op haar tenen zou trappen. Hij probeerde haar zachtjes te corrigeren, maar ze wriemelde zich nog inniger tegen zijn borst en zijn buik aan, alsof ze wou wegkruipen, binnen in hem, vond hij. Hij wilde iets tegen haar zeggen, iets vriendelijks of iets grappigs, maar hij vond niets. Hij voelde zijn lichaam plompverloren over en rond haar hangen. Toen begon hij te neuriën, heel stilletjes. Het was meer een zacht gezoem dat Claire hoorde, vlak boven haar hoofd en tegelijk ver weg. Op dat hoog, iel geluidje begonnen ze samen te wiegen. Ze schuifelden rond in hun eigen maat.

'Merci,' glimlachte Claire na het nummer, en ze liep met hem mee naar zijn plek bij de toog, alsof ze nooit meer van zijn zijde zou wijken, 'niemand kan leiden gelijk gij, Wilfried.'

'Slaapt Elizabetteke?' vroeg hij, want hij had gezien hoe Claire haar naar boven had gedragen nadat het meisje een tijdlang op een bank onder het venster had zitten knikkebollen. Hij vond Claire een zorgzame moeder, en hij wilde ook iets schoons over hààr zeggen.

'Claire! Service!' riep Maria en ze stak het volgeladen dienblad op.

Een man naast Wilfried aan de toog – die was waarschijnlijk binnengekomen terwijl hij met Claire danste – fluisterde hem vertrouwelijk toe: 'Ge vraagt u af wat dat hier doet, hé, zoiets, in zo'n nest...'

''t Is de dochter,' zei Wilfried, met iets van trots.

Die man was Werner. Hij kwam hier voor 't eerst, en hij hielp het direct naar de vaantjes. Terwijl Wilfried éven van zijn frisse pint nipte, stond Werner al uitvoerig te kwekken op de dansvloer, Claire tegen zijn losgeknoopte hemd geprangd. En toen Wilfried naar de koer liep, stond Werner dààr, luidruchtig pissend, over zijn schouder verder te kwebbelen, als tegen zijn eigen schaduw, maar het was tegen Claire. Of hij zat ergens in een hoekje met haar te fluisteren en viel stil als Wilfried passeerde.

Bij de vrouwen-w.c. heeft hij hen betrapt, in het donker. *Als* zij het waren, dat weet hij niet zeker. De rest herinnert hij zich niet meer zo goed. Volgens Maria heeft hij nog *Kiss me Quick* staan zingen, arm in arm met de Schele, en alleman had wreed moeten lachen, maar daarvan weet hij niets meer. Evenmin als hij weet hoe hij thuis is geraakt. 's Morgens is hij verbaasd wakker geworden, in zijn bed. Had iemand hem dan naar huis gedragen, misschien?

Wilfried schrikt van zijn eigen gezicht in de spiegel boven de wasbak, waar hij werktuiglijk zijn haar staat te kammen. Dat is precies het gezicht van een ander, denkt hij. Hij kijkt strak in die ogen. Het zijn de zijne. Mijn gezicht verraadt niet wat er zich allemaal in mijn kop afspeelt. Hij klemt het ijzeren kammetje bij de steel en concentreert zich op zijn haar. Hoe aandachtiger hij coiffeert, hoe minder zijn handen beven. 'Ge moogt alles niet zo oppotten, Wilfried jongen. Daar krijgt ge maagzweren van. Of kanker,' waarschuwde zijn moeder. Dat moet hier gedaan zijn! zegt hij beslist tegen zichzelf in de spiegel.

Wilfried steekt de deur van het café open. Hij zal dat stuk garagist eens laten zien wie hij is.

'Ik dacht al dat ge doorgespoeld waart!' roept Maria vrolijk zodra ze hem ziet.

'Waar is hij?' vraagt Wilfried op de man af. Hij verbergt zijn trillende handen in zijn broekzakken.

'Wie?'

'Die garagist...' Het klinkt verachtelijk.

Mariette, haar afgedekte tripel voor zich, zit Wilfried aan te staren. Ze geeuwt. Werner, Claire en de Schele zijn weg.

'Naar 't autokerkhof, om wisselstukken voor die Mazda. Maar of hij er ging vinden, dat wist hij niet, zei hij. Zo'n nieuw model, en heel dat voorstuk kapot. En als de verzekering...'

'En Claire?' onderbreekt hij haar, ter zake.

'Ons Claire is mee tot daar. 't Is een schoon rit. Ze ging hem helpen zoeken.'

Aan de overkant, van op Claire haar stoel, lacht de Schele: 'Geen weer om binnen te zitten, hé!'

'Bon, 't is tijd voor mijn ronde,' zegt Wilfried bruusk, en zonder zijn glas leeg te drinken loopt hij naar buiten.

'Nu al?' vraagt Maria verwonderd.

Zijn lange benen lopen zo snel, voeren hem met zo'n vaart mee, zo'n souplesse en zo'n gemak, dat het hem verbaast. Hij luistert naar het kwieke pok-pok op de straatstenen en voelt bij elke pas de speelse tik van zijn broek tegen zijn kuiten. Curieus dat hij daarop let. En dat simpel lopen zo plezierig kan zijn. Op een minimum van tijd is hij thuis.

Te vroeg. De afgedankte kinderwagen staat nog leeg bij Noëlla's vroegere achterdeur. Hoe kan hij zijn werk nu regelen als ze hem die advertentiebladen niet op het afgesproken uur brengen? Alsof hij niets beters te doen heeft dan wachten!

Hij peutert de sleutel uit de gescheurde zitting en duwt de deur open. Een reuk van vet, was, pis en papier slaat hem in de neus. Hij overschouwt de volgepropte woonkamer en vloekt. 'Er komt hier niets tot zijn recht,' zegt hij kwaad tegen het gesculpteerde tafelblad. Even aarzelt hij, dan loopt hij naar het venster langs de straatkant en hij rukt de gordijnen open. Stof dwarrelt op de lakens van zijn bed. 'Korte metten mee maken,' pompt hij zichzelf moed in. ('Iedere mens die alleen is, klapt tegen zijn eigen,' zei zijn moeder.)

Hij verschuift de bijzettafeltjes en versleurt de lege

kleerkast – die kan hij straks met dozen vullen – om de voordeur te ontgrendelen en wijd open te rukken. Alles wat onder het bed ligt, veegt hij opzij. Hij demonteert het bed (Louis Quinze, een twijfelaar), vindt een verloren gewaande onderbroek, waarmee hij het houtwerk afstoft, en sleept de panelen langs de smalle trap (die kan ook een lik verf verdragen) naar boven.

Op de zolderkamer laat hij al het kapotte en geschonden glaswerk langs een zelfgevouwen kartonnen glijbaan door het raampje over de dakgoot naar beneden kletteren. Er is hier zelfs nog plaats voor een zithoek, ziet hij. Hij kan de zitting van het artdecostoeltje repareren, en lampjes heeft hij genoeg. Dan kan er al eens iemand binnenkomen. Kijken en kiezen. Boven is 't privé, beneden de toonzaal. Want als brocanteur moet ge kunnen tonen wat ge in huis hebt. Zonder auto kan ik de markten niet doen. Daarbij, ik heb geen handelsregister. Kom maar naar de showroom, zal ik zeggen.

Het ideaal zou natuurlijk dat huis van hiernaast zijn, als magazijn. Hoeveel ruimte kan ik daarmee niet winnen! En 't geraakt toch niet verhuurd. 'k Zal er de eerstvolgende keer eens met de huisbaas over spreken. Dat ik daar nooit eerder aan gedacht heb: boven wonen, beneden werken en hiernaast stapelen. 'Als hij maar niet denkt dat ik hem twéé huishuren ga betalen,' hoort hij zichzelf hardop zeggen, en hij moet lachen.

'Wat is dat hier voor een mesthoop!' schreeuwt iemand beneden. Het is de man van de advertentiebladen.

'Stapelt ze maar nevens de wagen!' roept Wilfried met zijn hoofd door het dakvenster. 'En komt in 't vervolg op tijd! Of ziet ge niet dat ik bezig ben?'

Vijf dagen gaat hij niet naar 't Heilig Kasseiken. Hij heeft geen tijd. Hij schuurt en boent, overziet, selecteert en restaureert, zoekt voor alles een plaats uit en trekt zelfs het onkruid van tussen de stenen. Hij draagt in twee keer het advertentieblad rond, leest het thuis in zijn zithoek zelf en overweegt er binnenkort ook eens een annonce in te plaatsen. Met sierlijke letters schildert hij *Brocanteur* op een plankje dat hij naast de achterdeur hangt. (Vooraan kan niet zolang hij in 't zwart werkt.) Hij neemt zich voor nooit meer in de gootsteen te pissen, zelfs niet bij regen of vrieskou, of als hij ziek is.

En zaterdagavond vertrekt hij als een ander mens naar 't Heilig Kasseiken.

Wilfried herkent de hemelsblauwe BMW al van ver, maar hij neemt zich voor er niet op te letten. Als hij er in het voorbijlopen toch even een achteloze blik naar werpt, constateert hij tot zijn vreugde hoe klungelig de rechterzijkant uitgeblutst werd. Waar de lak er afgesprongen was, is er onbeholpen wat verf op het metaal gesmeerd. Ze benadert de oorspronkelijke kleur nog niet in de verste verte. 'Precies een harmonika!' verkneukelt hij zich halfluid. 'Garage 't Houten Hand... carrossier van mijn voeten!'

De deur van De Korenbloem staat open. Heel de straathoek is verlicht. *Hier aan die kust, vind ik noch vrede noch rust...* zingt Will Tura, met geroezemoes erdoorheen.

Er is veel volk, zoals iedere zaterdagavond. Het valt niet direct op dat hij binnenkomt. Wilfried daarentegen overziet in één blik de hele situatie: dansers en biljarters, duidelijk herkenbaar, centraal; bij de toog de drinkers; lolzoekers en ruziemakers, eigenlijk één hechte groep, verspreid; en voor het venster links van de deur de 'harde kern', met daarbij Claire, die hij als eerste registreerde.

'Wilfried, leeft gij nog!' roept Maria gespeeld verrast. Haar man, de Tuinkabouter, die 's zaterdags wel vaker meehelpt, staat tegen de hoek van de toog, meer in de weg dan wat anders. Hij steekt als groet een vinger op naar Wilfried en gaat dan rustig door met zijn uitleg – op de wei die hij huurt, wil hij rond het spuitende dolfijntje een échte vijver graven – en met het blokkeren van de doorgang.

'Ge zoudt bijgod geld geven om u eens te zien!' zegt Maria.

'Ik leef nog altijd,' bevestigt Wilfried minzaam van op zijn vertrouwde plekje. Kop in de nek, over de hoofden in het café rondkijkend om Claire te zien, lijkt hij almeteens te groeien.

'Alstublieft. Van mij...' glimlacht Maria. Ze legt een onbemorst bierviltje voor hem neer waarop ze, keurig in 't midden, zijn pint plaatst. 'Hij ziet toch zo graag puiten!' roept ze verontschuldigend tegen de klanten rond haar man, en dan buigt ze zich over naar Wilfried, met haar hele gewicht op de toog, één brok aandacht.

Hij drinkt met smaak. Ze wacht geduldig. 'Venten, hé...' lacht ze uitnodigend, alsof hij daar niet bij hoort.

Hij veegt het witte schuim van zijn lip.

'Hoe is 't?'

'Goed... Goed...'

Schip neem me mee... heel ver ver over de zee... Meezingend keert hij zich langzaam een kwartdraai van haar af en hij kijkt weer naar Claire. Ze zit daar nog steeds met een ernstig gezicht op de knieën van Werner, mee te leven met wat haar vriendin Rita vertelt.

'Mariette heeft naar u gevraagd,' probeert Maria opnieuw.

'Mariette?'

'Of ge nog geïnteresseerd waart in die piédestal...'

Ze trekt aan zijn mouw, maar hij reageert niet. Daarvoor is hij niet gekomen. *Want ik kom weldra... bij jou weer...* murmelt hij mee.

'Z'is nu in slaap gevallen, zie ik, maar ze had het daarjuist nog over u...'

'Vertel haar dat ik wel eens zal komen kijken, als ik een gaatje tijd vind...' zucht hij, en hij draait zich weer van haar weg. Hij is nooit veel van zeggen geweest.

Claire ziet hem niet. Ze is heel geboeid bezig met haar vriendin. Die twee hebben geen oog voor de mannen die Werners drukke verhalen aanvuren en becommentariëren. Ze zitten er bij en toch apart. Zij zit op zijn schoot maar ze zou evengoed op een stoel kunnen zitten, denkt Wilfried, of béter... Hij glimlacht omdat *hij* dat ziet en Werner niet. Ze zijn met hun gedachten al mijlenver weg voordat die ergens zicht op heeft. Die Werner voelt dat niet. Hoe hij Claire daar vastheeft! Zijn arm tot tegen haar keel, zijn scherpe elleboog onder haar kin geklemd, een wurggreep, niet min noch meer.

Claire tuit haar lippen en fluistert iets tegen Rita. Achteloos schuift ze zijn arm weg – Werner voelt niets – en ze raakt voorzichtig Rita's hand aan. Om troost te geven of troost te zoeken, denkt hij, want ze kijken alletwee triestig.

De blagueur is bij een nieuw hoogtepunt in zijn verhaal beland en slaat Claire uitgelaten op de billen. De mannen bulderen om Werners wereldschokkende historie, terwijl de vrouwen op een andere planeet lijken te zitten.

Plots komt Elizabeth schreiend binnengelopen, blindelings op haar moeder toe. Met ontzetting toont ze Claire een bloedende knie. Claire glijdt van Werners schoot, knielt even bij haar dochter neer, verschuift haar glas om op de tafel plaats te maken voor het meisje en kijkt aandachtig naar de wonde. Het is niet erg, toch niet om daar zo voor te huilen. Vol piëteit wrijft Claire wat speeksel op de gewonde knie. 'Een beetje moederkeszalf doet mirakels,' zei zijn moeder altijd.

Rita, die aan de andere kant van het tafeltje zit, kan 't niet goed zien. Daarom steekt Elizabeth trots haar knie op. 'Oeioei!' doet Rita geschrokken. Elizabeth glundert en springt van de tafel. Claire krijgt van haar vriendin een stoel toegeschoven. Ze kunnen naast elkaar de draad weer oppakken.

Werner, die met een half oog iets heeft gezien, stopt met babbelen wanneer Elizabeth op zijn vrije knieën komt gekropen om iedereen tegelijk op de hoogte te brengen over de ernst van haar toestand. Werners vrienden schateren om dat kind op zijn schoot. Hij lacht mee, hij kan moeilijk anders. 'Komt gij binnen een jaar of tien maar eens terug, meiske,' zegt hij fijntjes tegen zijn publiek, en hij roefelt door haar piekerige haren voor hij haar van zich afschuift. Ze huppelt getroost naar buiten, op één been.

'Een pint, Maria... En kunt ge mij dat hier wisselen voor de juke-box?' Wilfried moet het haar nog eens vragen. Maria, die graag wat aanspraak heeft, is opnieuw naast haar man gaan staan.

Wilfried loopt naar de juke-box. Claire kijkt niet op. Hij drukt eerst D6 en dan nog een paar andere bekende combinaties. Als hij over zijn schouder gluurt, heeft ze hem gezien. Even voelt hij zich betrapt: hij had hàar willen verrassen, op het beste moment. Ze glimlacht naar hem en in een reflex wil ze opstaan, dunkt hem, maar ze blijft zitten en steekt haar hand op. Haar glimlach wordt breder, zodat Rita meekijkt. 'Naar wie lacht ge zo schoon?' Tegen de juke-box geleund wacht hij op wat hij in stilte 'ons nummer' is gaan noemen. Hij voelt zich bekeken. De vrouwen fluisteren over hem. Ze werpen geheimzinnige, steelse blikken.

Zotte Frans, die iets heeft horen waaien, komt hem vragen of het waar is dat hij zijn kot aan 't verbouwen is. ''k Ben serieus op mijn eigen begonnen, da's al,' zegt Wilfried, maar hij blijft Claire fixeren.

34

Frans heeft het begrepen en laat hem. De begintonen van *So this is Christmas*. Wilfried loopt naar haar toe.

'Wilt ge met mij dansen?'

Dat heeft Werner wél gehoord. Nog voor ze helemaal overeind staat, trekt hij Claire terug op haar stoel. Ze kijkt verschrikt.

'Dat moet ge aan *mij* vragen!' zegt Werner gebeten. ''t Is *mijn* lief!' Onmiddellijk draait hij zich naar zijn gezelschap: 'Dat is toch geen manier van doen!' En hij is alweer aan een nieuw avontuur begonnen.

Wilfried blijft staan. Claire, onbeweeglijk op haar stoel, kijkt voor zich uit.

'Wilt ge met mij dansen, Claire?' vraagt hij opnieuw, precies op dezelfde manier, misschien ietsje stiller. Hij steekt zijn hand naar haar uit.

Alsof dit een alarmsignaal is, springt Rita op van haar stoel, die met veel kabaal tegen de vloer kletst, en ze vlucht richting toog. Werner veert recht en mept zijn vlakke hand op de tafel, vlak voor Claire haar neus. Hij stoot bijna haar glas om.

'Hoort gij niet goed misschien!' schreeuwt hij met een onnatuurlijk hoge stem. Op de toppen van zijn tenen staat hij, over Claires hoofd heen, naar Wilfrieds uitgestreken gezicht te kijken.

Iedereen is ineens stil en wacht af. Alleen John Lennon zingt ongenaakbaar verder.

Wilfried kijkt naar Claire. Die slaat beschaamd haar ogen neer en schudt stilletjes haar hoofd.

'Claire?' vraagt hij ongelovig. Hij wil haar bemoedigend toelachen, maar zij kijkt naar de tafel, waar de hand van Werner ligt. Wilfrieds glimlach reikt slechts tot één hoek van zijn mond en bevriest daar.

'Of ge niet goed hoort!' schreeuwt Werner opnieuw, zijn kin agressief vooruit, als een wapen. Toch klinkt het al veel minder bedreigend.

'Geen ambras in mijn café,' zegt Maria kalm. Waardig loopt ze tussen de rivaliserende mannen door om de tafel af te ruimen. 'Dat is hier een *deftig* etablissement!' Ze trekt haar dochter recht van haar stoel. 'Vooruit, Claire, 't is tijd voor de kleine... En als ge wilt vechten,' dicteert ze bestraffend, 'moet ge dat maar op een ander gaan doen!' Ze heeft het tegen iedereen en tegen niemand in 't bijzonder. 'Of buiten!' waarschuwt ze met een lage stem. Dan loopt ze, aan elke vinger een glas, terug naar de toog.

'En al dat bloed op uw proper kasseiken!' panikeert Zotte Frans. Daar moet iedereen mee lachen. Werner ook.

'Ga maar al in de goot liggen janken, ik kom af!'

'Of steekt ineens de straat over, 't is dààr dat we moeten zijn!'

Er wordt opeens veel plezier gemaakt. Wilfried kent dat wel. Het laat hem vreemd onverschillig. Wat heb ik hier verloren, denkt hij, en hij loopt naar buiten.

Daar is Claire. Ze sleept een onwillige Elizabeth achter zich aan. Schichtig kijkt ze naar hem op, en ze glimlacht verlegen terwijl ze hem passeert. 'Ze wil niet...' fluistert ze zacht, vergoelijkend. Met veel te grote stappen haast ze zich naar het verlichte deurgat.

'Slaapwel, Elizabetteke!' roept hij.

Elizabeth kijkt kwaad om. Zoveel mogelijk tegenwicht zoekend laat ze zich, met haar hoofd gevaarlijk dicht langs de grond, aan de hand van haar moeder voortslepen. Claire werpt nog een verloren blik over haar schouder voor ze verdwijnt.

Wilfried staat naar het deurgat te staren. Het blijft leeg. Hij denkt. Eigenlijk durft hij bijna niet te denken, maar hij heeft het gevoeld, onmiskenbaar, én met zijn eigen ogen gezien. De manier waarop ze naar hem heeft gekeken. Haar glimlach. Ik wéét het. En zij weet het ook. Z'is verliefd. Op mij.

Hij draait zich om en zonder de BMW op te merken, loopt hij naar huis.

Claire heeft naar hem gekeken, en ze heeft hem *gezien*.

Nog nooit heeft hij zulke mooie perspectieven gehad. Zelfs zijn zaak begint te draaien. Hij verkoopt! Gisteren een kastje, vandaag een bureaustoel... Wel uitkijken dat ze 't op 't OCMW niet te weten komen. Daarvoor is het nog te vroeg, hij is nog niet 'binnen'!

Noëlla's huisje heeft hij gewoon aangeslagen: de achterdeur opengebroken, de hoop drukwerk en reclame aan de voordeur opgeruimd (er zat nog een brief voor haar bij, een rekening van het ziekenhuis; die bewaart hij, als souvenir), de vloer geveegd en al zijn overtollige meubels – een echte 'stock' – naar binnen geschoven. Geen haan die ernaar kraait...

Als hij terugkeert van zijn ronde, weer of geen

weer, laadt hij zijn kinderwagen met bier, rechtstreeks bij de bieruitzetter. Dat komt goedkoper uit
dan altijd in 't café te gaan drinken.

Voor Claire – hij denkt vaak aan haar, bijna altijd
– bewaart hij een speciaal kapstokje: twee sierlijk gekrulde haken, koper en porselein, een juweeltje dat
hij lang geleden zelf heeft gekocht van een snul die er
de waarde niet van kende.

Elke avond in bed kan hij Claire zien, met zijn
ogen toe. Dan draagt ze haar topke, en ze lacht naar
hem. Er parelt zweet op haar borsten. Ze drukt zich
dicht tegen hem aan, als om in hem weg te kruipen.
Hij begint te gloeien. Claire lacht haar ogen tot
spleetjes en fluistert in zijn oor: 'Merci...' Hij probeert die gewaarwording te benoemen, te snappen.
Volmaakt verloren voelt hij het warme vocht in zijn
handen en op zijn buik. Achteraf schaamt hij zich
een beetje, ook al is hij alleen. 'Smeert die vuiligheid
toch niet aan de lakens,' zei zijn moeder altijd.

Hij zucht, een verzadigde glimlach op zijn gezicht.

'Gij zijt toch geen stuk vlees,' fluistert hij teder,
alsof Claire naast hem ligt.

Hij weet dat het niet lang meer zal duren. Maar dat
alles zo razendsnel kan gebeuren, dat verwacht hij
niet.

Vrijdagmiddag. De omnibus voor Denderleeuw is
juist gepasseerd, het is bijna twee uur. Er wordt op
de voordeur geklopt. Een klant die nog niet weet dat
hij vanachter moet zijn, denkt Wilfried.

''t Is hier te doen!' roept hij. Hij staat met bijtende soda een kleine commode in te smeren. Een secuur werkje. Hij kijkt niet op. 'Echte eik moet bloot, vind ik,' legt hij de naderende bezoeker uit.

Claire staat bedremmeld naar hem te kijken, onder een paraplu met schetterende kleuren. Het motregent.

'Claire!' Zijn mond valt open. Uitgerekend nu dacht hij eens voor één keer *niet* aan haar. 'Wat komt gij hier doen?' vraagt hij verwonderd.

''k Ben hier precies niet wreed welgekomen...' reageert zij een beetje gepikeerd.

''t Doet, 't doet!' haast hij zich te zeggen, ze heeft hem juist blij verrast, hij is ervan aangedaan, van haar weer te zien, dat en nog veel meer wil hij haar duidelijk maken, maar hij ziet de argwaan in haar ogen en herhaalt slechts: 'Toettoet!'

'Mag ik binnenkomen?' vraagt ze.

Hij herpakt zich. 'Alstublieft...' Vlotjes, als tegen een klant.

Claire loopt onmiddellijk naar binnen. Snel strijkt hij zijn borstel droog op het hout. Kalm, kalm, kalm... spreekt hij zichzelf bij elke veeg bemoedigend toe.

Besluiteloos staat Claire in zijn showroom rond te draaien. 'Waar mag ik hier ergens gaan zitten?' Ze trekt haar jasje uit.

Nu pas beseft hij het: ze komt hem *bezoeken!*

'Boven...' zegt hij. 'Ik woon boven!'

Voorzichtig loopt ze de moeilijke trap op. Blij dat hij geverfd is, denkt Wilfried. Haar kuiten komen goed tot hun recht tegen de donkere, blinkende achtergrond.

'Ge zoudt u dat niet aangeven, Wilfried,' zegt ze, haar ogen uitkijkend op zijn kamertje. 'En dat voor een man alleen!'

Hij straalt. 'Wilt g'iets drinken misschien?' vraagt hij bescheiden.

'Een pintje.'

Wilfried loopt naar beneden om bier uit de koelkast, een statige occasie-aanwinst die zijn keuken van aanschijn heeft veranderd. Nog niet aangesloten – er klopt iets niet met de ampères – maar zo toch ook al ferm gerieflijk.

Hij is blij dat hij even in de keuken is, alleen met zijn gedachten. Snel zoekt hij zijn kammetje in de zak van zijn schone broek, die aan het pijpenrek hangt. Mij nu nog verkleden is onnozel, denkt hij, en hij kamt rustig zijn haar: kalm, kalm, kalm... Zou ik de achterdeur sluiten? Misschien wordt dat verkeerd begrepen. Hij neemt nog vlug haar druppelende paraplu binnen en zet hem uit het gezicht. Dan loopt hij terug naar boven.

Claire zit in zijn art-decostoeltje. Ze heeft haar schoenen uitgeschopt. Ze vindt het hier gezellig.

'Hoe is 't met Elizabetteke?' vraagt hij.

'Goed, goed...'

Terwijl hij glazen neemt, knipt zij de capsules van de flesjes. Ze schenkt de glazen vol. Dat is ze gewoon.

'Santé.'

Zwijgend zitten ze tegenover elkaar. Hij op het bed, zij op het stoeltje.

'En hoe is 't met uw moeder?'

'Goed, zeker?'

Ze zucht. Hij is nooit veel van zeggen geweest. Ze wrijft haar blote voeten tegen elkaar. Voorts alleen stilte.

'Is Beauty haar piédestal nu al kwijtgeraakt?' vraagt hij luchtig.

Claire antwoordt niet. Ze heeft het zeker niet gehoord.

'Hé, Claire?'

'Als ge 't allemaal zo graag wilt weten, waarom komt ge dan niet zelf!' roept ze ineens, duidelijk kwaad.

'Maar, Claire...' schrikt hij. 'Moet ge daar nu zo voor uitschieten?'

Nijdig begint ze aan haar blote tenen te pulken. Ze kan rap geïrriteerd zijn.

'Is er misschien iets gebeurd in 't Heilig... Korenbloem?' vraagt hij, zich iets te laat corrigerend.

'Hangt nu de onnozele niet uit!' roept ze verontwaardigd. 'Gij zijt weggelopen! Dat is er gebeurd! Ge laat u niet meer zien! Meneer voelt zich te schoon, hij loopt ons voorbij... Ge denkt toch niet dat hij het reclameblad nog binnenbrengt, zeker? Bah neen, hij. Hij stampt het veel liever in ons bus als we gesloten zijn!' Ze slaat haar handen voor haar gezicht en begint onverwachts en vol overgave te schreien.

'Da's toch niet zo erg...' fluistert hij hulpeloos.

De tranen rollen uit haar ogen. 'Egoïst!' bijt zij hem toe. 'Gij denkt alleen aan uw eigen! Smeerlap!'

En weer wordt ze door een golf van verdriet over-mand en verbergt ze haar natte gezicht in haar handen.

'Maar 'k heb al die tijd juist aan ú gedacht! En 'k ging wel terugkomen, maar later, als de tijd daar was!' flapt hij er in één ruk uit.

Ze blikt snotterend naar hem op. Nooit heeft hij zoveel ineens tegen haar gezegd.

''t Is écht!' voegt hij er ten overvloede aan toe, en hij glimlacht zwakjes naar haar.

Ze kijkt ongelovig naar zijn rare grimas, trekt haar neus op en begint door haar tranen heen naar hem te lachen. 'Wilfried,' zeggen haar lippen, maar er komt geen geluid. Ze is nog nooit zo mooi geweest, denkt hij.

Op haar blote voeten komt ze naar het bed getrip-peld en ze gaat naast hem zitten, vlijt zich tegen hem aan. Er loopt een ijskoude druppel langs zijn rugge-graat. Zijn nek zit tussen zijn hoekige schouders ge-klemd. Geluk kan pijnlijk zijn.

'Ge moet u dat niet aantrekken als ze met u la-chen,' fluistert ze. 'Ze lachen met iedereen. Dat is niet zo bedoeld. Ge moet er zelf mee lachen, gelijk ik. Da's 't beste, dan weten ze niks meer en stoppen ze vanzelf. Gisteravond was 't weer van dat. Gaat eens zien, zei hij, 'k geloof dat ik zijn voiture al hoor, hij komt u afhalen met zijn cabriolet, er is nog plaats tussen de gazetten en dat ligt mals. Als ge dat maar weet, véél malser dan d'achterbank van uw versleten BMW, heb ik hem geantwoord. En daarbij, zijn vering is veel beter dan d'uwe! Ik heb nog harder gelachen dan hij, en hij stond met zijn bek vol tanden! Voor heel het café!'

Dat had hij zich nooit gerealiseerd. Dat ze hem uitlachten, achter zijn rug.

'G'hebt toch zo'n schone kop krullen,' zegt ze, en ze woelt met beide handen zijn kuif uit model. 'En zo dik.'

Wie lacht er hem dan allemaal uit?

'Weet ge, als ge iemand niet meer ziet en toch nog aan hem denkt, dat ge hem dan graag ziet?' zegt ze peinzend. 'Ik ben dat toch beginnen te beseffen. Ik moest ú eerst *niet* meer zien om te weten dat ik u grààg zie. En omgekeerd,' geeft ze verward toe, 'hém moest ik wèl zien om te weten dat ik hem niet graag zie... Verstaat ge 't?' Er zit een frons tussen haar wenkbrauwen. 'Hoe meer ik hém zag, hoe liever ik ú zag. Raar, hé?'

Hij knikt. Het is een liefdesverklaring, de mooiste die hij ooit hoorde. Laat ze allemaal maar lachen!

'Allemaal jaloezie!' zegt ze plots fel. 'Dat denkt de godganse dag aan niets anders dan seks. En aan auto's, maar dat kan niet anders want dat is zijn job. Maar 't is een spel zonder eind. Onderweg, op de achterbank... En thuis gedurig over en weer van zijn bed naar zijn put. Daar wordt hij heet van, zegt hij, van in die donkere put te zitten werken, en dan moét hij naar boven... Het ligt hier ál open, tussen mijn benen... En prikken! Dat heeft geen naam! 't Zal wel beteren, dacht ik eerst, 't is nog nieuw, en hij zit al meer dan een half jaar zonder vrouw... Maar God, Wilfried, nu weet ik waarom dat mens hem heeft la-

43

ten zitten! Die moet afgezien hebben. En ik die dacht van daar wat te helpen met de papieren en zo iets bij te verdienen... het doet nóg zeer als ik mij neerzet!' Ze zwijgt even om op adem te komen, zucht hartgrondig. 'En dat wil met mij trouwen,' kreunt ze. 'Dat ziet ge van hier!'

Ineens begint ze te giechelen, en ze streelt hem weer door zijn haar en kust hem teder op de slapen, terwijl ze zijn hoofd in haar handen houdt. 'Stille Wilfried...' fluistert ze. Het duizelt in zijn kop. 'Ziet ge mij graag?'

'Ja,' zegt hij plechtig. Op zoek naar houvast slaat hij zijn arm om haar schouders. 'Al lang.' Hij kust haar. Ze heeft zachte, zoute wangen.

'En zo lang wegblijven, stouterik...' klaagt Claire stilletjes. 'Rita zei dat ze dacht dat ze u met een andere vrouw had gezien, in dat café op de steenweg. En mijn ma had er ook geen goed oog in. Stille waters, diepe gronden, zei ze...'

'En gij?' vraagt hij, en hij streelt haar schouder en een beetje achteloos, vluchtig, ook haar rechterborst. Dat kan nu, dat mag, ze laat hem begaan. 'Wat dacht gij...' fluistert hij, '... schat?' Het klinkt nog wat stroef gearticuleerd.

'Ik was er niks gerust in,' lacht ze. 'Overdag constant naar boven moeten, en 's nachts regelmatig een peer in mijn gezicht, precies of we waren al getrouwd! En gij weg, bij een andere...'

'Heeft hij u geslagen?' Wilfried wordt kwaad. Het bloed schiet naar zijn hoofd. 'Die smeerlap moet met zijn poten van u afblijven!'

44

Het Houten Hand is niet ver...

'Ik heb hem wijsgemaakt dat Elizabeth van u is. Hij probeerde mijn eigen moeder ervan te overtuigen dat *hij* de vader was, en dat hij haar wou erkennen en elke maand voor haar afdragen en al. Alleen omdat we zouden trouwen. Wilfried is haar pa en daarmee gedaan, nu weet ge 't, heb ik hem gezegd.' Claire lacht stralend.

Als bij toverslag is de woede van Wilfried verdwenen. 'Schatteke toch...' Hij drukt haar dicht tegen zich aan en overstelpt haar gezicht met kusjes.

'Wilfried, weet ge wat ik zou willen? Dat ik in uw kindervoiture zit en dat gij mij voortduwt, en dat we zo over het kerkplein tot thuis rijden, dat iedereen ons kan zien!' En tegelijk beginnen ze samen te lachen, heel uitgelaten...

Wilfried spoelt even de rest van de soda uit de borstel, sluit de achterdeur en trekt zijn propere broek en zijn zware ceintuur aan. Hij neemt de portatief met ingebouwde cassettespeler en nog wat bier mee naar boven. Claire heeft ernaar verlangd met hem te dansen, zegt ze, ze droomde ervan.

Hij laat zijn Elvis-cassettes spelen. Claire huilt en lacht, afhankelijk van waaraan ze denkt en wat ze vertelt, en ook van de muziek. Wilfried luistert en ziet haar graag.

Op elk traag nummer dansen ze. Dan lijkt het iedere keer alsof ze binnen in hem wil kruipen. Het stoort hem niet dat ze telkens de maat verliest, hij merkt het hoe langer hoe minder. Hij omhult haar

met heel zijn lijf. *I give to you and you give to me...*
Love for ever true... fluistert hij met Elvis in haar
oor.

Buiten is het donker geworden. De laatste trein,
die van 22.25 u., is al ongemerkt gepasseerd. De oude verf op de eikehouten commode is samenge-
schrompeld en komt langzaam los. Morgen zal Wilfried het werk afmaken.

'Ik doe alles voor u, mijn lief... Zeg mij wat ik
moet doen en ik begin eraan, 't is eender wat...' fluistert hij teder tegen Claire, die naast hem in bed ligt.

's Anderendaags komt Claire 's avonds langs de achterdeur naar binnen geglipt. Ze draagt grote oorbel-
len en heeft vuurrode lippen, waarmee ze hem zoent:
een mooie, duidelijk zichtbare stempel.

Hand in hand gaan ze op stap. Hij escorteert haar
naar het Heilig Kasseiken, waar ze verwacht worden. Maria is voorbereid. Ze heeft met de groeten
van Wilfried een koddig kapstokje gekregen, en ze
gaf reeds haar zegen voor het geluk van haar dochter.

Werner heeft het bij Maria danig verkorven: hij
heeft Claire meermaals geslagen (een wijventoeker),
hij heeft haar belogen omtrent het vaderschap van
haar kleindochter (een bedrieger), en bovendien
heeft hij in haar café nooit veel bier verzet (geen
stamgast). Niet te vergelijken met Wilfried: van in-
borst een doodbrave mens, begonnen van nul, een
harde werker, antiquair, een trouwe cliënt en voor-
zeker een goeie papa. Zijzelf, Maria, zou in ieder ge-

val wel weten wie gekozen! 'Maar ja, ons Claire... 't Schaap was zelf nog een kind... Dat was omzeggens een kind met een kind, toentertijd, en kunt ge dan kiezen?'

'Gaat hij d'r ook zijn?' vraagt Wilfried. Er knijpt iets samen onder zijn hart. Toch voelt hij geen angst, integendeel zelfs.

'Ik hoop het,' zegt Claire uitdagend. ''k Wil zijn gezicht zien als hij ons bijeen ziet!' Werner kan moeilijk doen of zijn neus bloedt, Claire is de hele nacht weggebleven.

'Ik sta niet in voor de gevolgen.' Wilfried toont haar in het halfduister zijn stevige, onheilspellend gebalde vuist.

Claire lacht klaterend en drukt zijn hand naar beneden. 'Ons ma zegt dat hij in zijn broek schijt voor haar!'

De deur is dicht. Hij duwt ze krachtig open voor Claire. Veel volk, maar Werner is er niet bij. Dedju! vloekt Wilfried in gedachten. Dat lucht hem op.

'Daar is de verloren zoon!' roept Maria van achter haar toog boven het gebabbel en de juke-box uit. 'Wilfried jongen, 'k ben blij da'k u zie!' Dankbaar steekt ze haar beide armen in de lucht.

Onmiddellijk hebben ze hem nu allemaal gezien: Mariette, de Schele, Zotte Frans, Rita... En alle trouwe klanten geven een duidelijk of minder duidelijk teken van herkenning. Al naar gelang ze met mij waren of tégen mij en met hem, speelt het door zijn hoofd, maar dat wil hij vergeten.

Zelfbewust loopt Wilfried, Claire aan zijn zij, naar de toog. Ze zwaait minzaam met haar handje naar de toeschouwers.

Onaangekondigd gooit Maria het volle gewicht van haar boezem op de tapkast vóór de verraste Wilfried en ze slaat haar mollige armen rond zijn nek. 'Proficiat!' Drie smakkende zoenen. Ze lacht ondeugend en trekt met beide handen routineus de opgekropen zwarte glitterjurk weer op zijn plaats. Achter de tapkranen staat een feestelijk lange rij schuimwijn te blinken. 'Heeft z'u niet verwittigd? Dat we 't gingen vieren?'

'Hebt ge 't al aan de grote klok gehangen, ma?' snauwt Claire verontwaardigd. 'Ik wilde het zelf zeggen!'

'Maar 'k zei toch niets. Voor u is 't ook nooit goed!' roept Maria verongelijkt. 'Allez, kunt gij daar nu 'n kop aan krijgen?' wendt ze zich tot Wilfried, steun zoekend bij een oude vertrouwde.

Hij kan er even kop nóch staart aan krijgen. 'Wat scheelt er?' wil hij vragen, maar er trekt iemand aan zijn broek.

'Zijt gij soms mijn papa?' Elizabeth, met een brutaal gezicht. Ze is onwaarschijnlijk veel gegroeid op die korte tijd, vindt hij.

'Dat vraagt ze tegenwoordig aan Jan en alleman,' haast Claire zich verontschuldigend. Haar wangen zijn ineens zo rood als haar mond.

'Stopt ermee de mensen te ambeteren, of ik steek u in bed!' reageert Maria ter zijde, en dan, misnoegd, tegen haar dochter: 'Hoe zit het nu? Wat zijt ge van zin?'

Elizabeth gaat naar de biljarters kijken.

Claire neemt Wilfried apart. 'Z'heeft het hier weer eens allemaal gearrangeerd achter mijn gat, ik weet van niets,' fluistert ze in één adem, zonder verpinken. Ze houdt hem vast bij de revers van zijn jas, alsof ze bang is dat hij gaat lopen.

Maria staat achter de rug van haar dochter gezichten naar Wilfried te trekken, dat hij er niet te zwaar moet aan tillen, aan wat Claire zegt.

''k Zeg nog, ma, misschien is Wilfried daarmee niet opgezet, met al die tamtam rond zijn persoon. Want gij zijt eerder 'n stille, hé Wilfried...?'

Ondertussen leest hij van Maria's lippen dat 't géén gemakkelijke is, ons Claire, en ineens kust hij haar vlak op haar mond. Ze zuigt zich begerig aan hem vast, drukt zich tegen hem aan, vol overgave. Minutenlang. Maria begint uitbundig te applaudisseren, de omstaanders lachen, roepen, fluiten. De eerste fles knalt.

'Op de liefde!' roept Maria.

'Op de ware Wilfried!' lacht Zotte Frans. 'Ten aanval!' En het feest kan beginnen.

Het zwakke protest wegwuivend verslepen bereidwillige handen de zware biljart. Wilfried, één arm rond Claires middel verankerd, laat het ene muntstuk na het andere in de gleuf van de juke-box glijden. 'Ik kan mijn geluk niet op,' fluistert hij in haar oor. Samen, hij de letters, zij de cijfers, tikken ze al zijn lievelingsliedjes in.

'Service!' roept Maria uitgelaten, een volgeladen dienblad opstekend. 'Tournée générale!'

'Ik laat hem van nu af aan nooit meer los!' roept Claire over haar schouder naar haar moeder.

Er zijn handen genoeg om de plateau rond te dragen, op het koppel te klinken en opnieuw vol te schenken.

'Wie geen fluitjeswijn wil, krijgt bier voor niets, zolang het vat loopt,' zegt Maria stilletjes tegen haar verknochte pilsdrinkers.

'Wilt ge met mij dansen, Claire?' plaagt Wilfried.

Eerst kijkt ze wat kwaad, maar hij maakt steeds diepere buigingen en laat zijn arm kunstig rondzwaaien, als een echte musketier. Hij kan haar doen lachen.

Ze dansen. Op elk nummer brengt ze hem iedere keer weer van de wijs. Zij herkent het iele, fragiele gezoem waarop ze samen drijven, tussen het gedrum van de andere dansers door.

Het lijkt of ze allemaal op mij gewacht hebben om hun benen nog eens uit te slaan, denkt Wilfried. Zelfs Beauty schuifelt, met versgeverfde mond, op haar eentje langs hen voorbij. Ze knipoogt, roept plots schel: 'Allez, changer!' en stoot iedereen aan. Wilfried noch Claire denken erover op haar uitnodiging in te gaan.

'Ik dans van mijn leven met geen ander meer,' zweert Claire.

Only you... can make this world seem right... vertrouwt Wilfried haar stilletjes toe.

'Kijkt daar!' wijst Claire. Elizabeth staat als een volleerde clown onmogelijke révérences te maken en laat zich, met een precieze timing, telkens weer op de vloer vallen, tussen de ronddraaiende voeten.

'Gij gaat een artiest worden, later,' lacht Wilfried. Hij knielt bij haar en laat haar eens van zijn glas drinken.

'Precies limonade... met véél acied...' zegt ze, naar adem snakkend.

Claire glimlacht. ''t Is toch zo'n zoetje.'

Het meisje krijgt van Maria ook een glas schuimwijn. Zonder voetje, tegen 't breken.

'Elizabetteke, als ge wilt, zal ik uw papa zijn...' Wilfried, met gespreide benen in wankel evenwicht (ge verwacht dat niet van die cider), fluistert het héél stilletjes in haar oor, zodat niemand anders het kan horen. 'Als gij wilt...' hoort hij zichzelf. Hij moet er bijna van wenen en geeft haar rap een kusje. 'Slaapwel!'

Lijk een donderslag explodeert de lucht uit zijn keelgat. Een boer. Elizabeth, slaperig over de schouder van grootvader Tuinkabouter die haar naar boven gaat dragen, trekt verrast één oog open en glimlacht.

'Ja wablieft?' zegt de Tuinkabouter geschrokken.

''t Is van al die acied...' mompelt Wilfried, een hand voor de mond.

De meeste mensen zijn naar huis, het is al laat. Zotte Frans zit in een hoek nog te preken over de schijnheiligheid van de Kerk, de verdorvenheid van de mensen en de onmetelijkheid van het heelal. Enkele doorzakkers zijn rond hem blijven plakken, vanwege de knettergekke kwinkslagen waarmee hij zijn existentiële betoog pleegt te doorspekken. Maar daar moeten ze nu toch wel érg lang op wachten.

Mariette ligt, de boodschappentas op haar knieën, te slapen, haar hoofd op tafel tussen de glazen.

Alleen Claire en Wilfried blijven onvermoeibaar dansen en plannen smeden voor de toekomst. Zij wil naast hem komen wonen, of bij hem en de winkel openhouden in het andere huis. Of ze kunnen trouwen en samen verhuizen, misschien naar Haaltert, hij is toch van daar? Maar hij heeft er alleen nog een zuster wonen, en die loopt hij liever niet tegen het lijf...

'Als ge mekaar maar graag ziet, da's 't voornaamste,' geeuwt Maria, met een gelukzalige glimlach voor zich uit starend. 't Is weeral laat geworden. En ik zal morgen ferm mijn vloer mogen schrobben, denkt ze. Als ondanks de vermoeidheid haar handen al beginnen te jeuken, laat ze haar vingers ritmisch meetrommelen op *Jailhouse Rock. (You can't find a partner, use a wooden chair... Let's rock, everybody let's rock...)*

Plots glijdt Wilfried uit. Een doffe plof op de stenen.

'Ochot! Ik denk het hier nog juist, zie!' schrikt Maria.

Wilfried blijft liggen, een verzaligde glimlach op zijn gezicht, zijn hoofd in een kleverige plas schuimwijn, een smal slijkerig spoor, langer dan zijn benen, naast hem.

'Allez, staat op, zotteke...' giechelt Claire en ze trekt aan zijn arm.

'Laat ons deze gevallen engel vervoegen...' lalt Zotte Frans, zijn discours stijlvol afsluitend en klaar om naar huis te gaan.

'Blijft eraf!' schreeuwt Maria. In haar haast schuift ze bijna zelf uit.

Wilfried beweegt niet. Zijn mond glimlacht nog altijd, maar zijn ogen kijken radeloos zoekend rond.

Maria ziet de angst. 't Is serieus, weet ze. ''n Ambulance!' En ze rent naar de keuken om te telefoneren. 'Komt er niet aan!' roept ze nog eens. 'Dat ik nu nog zoiets moet meemaken...'

Claire werpt zich snikkend aan zijn zij. 'Wilfried... Wilfriedje...'

Zotte Frans en zijn publiek staan naar het tweetal te kijken. Een meute geslagen honden.

'Ze komen direct,' hijgt Maria. Ze loopt naar de straatdeur om die alvast open te zetten, keert dan terug bij haar schoonzoon (zo heeft ze hem aan de 900 voorgesteld). 'Hij mag surtout niet bougeren, hebben ze gezegd,' herhaalt ze kordaat, alsof ze Wilfried daartoe nog in staat acht. Ze realiseert zich het ergerlijke gedreun van de juke-box en snokt de stekker uit het stopcontact. Alleen het verdriet van Claire is nog te horen.

'Ze zullen d'r gaan zijn, zie...' zucht Maria. ''t Komt wel in orde...' En ze loopt naar haar heilig kasseiken om op de uitkijk te gaan staan. Woedend schopt ze een opengetrapte peuk in de goot, en vloekt binnensmonds.

Liefdesbrief

Lieve Rik, lieverik,

Ik loop rond in huis alsof het 't mijne niet meer is. Of beter, alsof ikzelf sinds 'onze' memorabele dinsdag – mag ik dat zeggen? – iemand anders ben die hier pas woont. Ik moet de vaste plek van stoffer en blik opnieuw zoeken, en de afstand tussen gootsteen en gleiswerkkast verrast mij telkens weer. Er zijn al drie glazen gesneuveld. Het wijnglas waaruit gij dinsdag gedronken hebt, brak eerst. Mogen scherven geluk brengen!

Velerlei gedachten malen onophoudend door mijn hoofd. Over u en mij. Er lijkt geen eind aan te komen.

Zeker honderd maal heb ik u al voor de eerste keer in het deurgat zien staan, en evenveel keren weer binnengelaten. Altijd opnieuw zie ik ons samen op de sofa in de living zitten. De fles bourgogne wordt nóg maar eens leeggedronken.

Met wijzigingen, uitbreidingen en correcties spelen die herinneringen in mijn gedachten. Wat we tegen elkaar zeiden, misschien hadden willen zeggen. Hoe het voelde toen gij me de eerste keer stilletjes aanraakte. Hoe snel het ineens allemaal ging.

Schroom leek de kop ingedrukt, dinsdagnacht, dacht ik. Maar nu ik erover wil spreken, ligt die weer levensgroot op de loer.

Ge hebt mij nog niet gebeld. De radio staat altijd zacht en de deur naar de gang blijft open, zo kan ik de telefoon ook boven horen. Misschien hebt ge gebeld terwijl ik om boodschappen was. Naar de Centra, op het dorpsplein. Ik moet er met de fiets naartoe, het is een heel eind. Echt veel kan er niet in de mand en de zijzakken, dus ben ik een paar keer over en weer gereden om Elsa haar hele voorraad bourgogne op te kopen. Ze vroeg of de kinderen misschien kwamen barbecuen, met die schoon dagen. Ik heb haar maar in de waan gelaten. (Ze noemen haar hier niet voor niets *Het Gesproken Dagblad*.) Maar ik zag in de spiegel boven de kassa dat ik mijn lach moeilijk kon inhouden en ik dacht: 't is precies hetzelfde lepe lachje als dat van Brigitte, mijn oudste, in de tijd van haar eerste afspraakjes met die jongen van het college. Moet ge daarvoor zo oud geworden zijn? dacht ik nog.

De wijn staat al te chambreren...

Waarschijnlijk is het juist goed dat ge niet belt, lieve Rik. Het betekent dat er niets tussen is gekomen en dat ik u vrijdag mag verwachten. Toch zit ik soms te twijfelen, naast de telefoon. Zou ik zélf niet eens bellen? Alleen maar om uw stem te horen.

Het is raar, maar ik kan mij uw stem niet herinneren. Uw gezicht zie ik zó voor me. Uw aanwezigheid kan ik nu nog voelen. Maar met uw stem lukt·het me niet. Daar zult gij wel geen moeite mee hebben, zeker? Ik bedoel, ik heb veel gekletst, hé? Te veel. Ik weet het. De kinderen zeggen het me af en toe, dat ik verschrikkelijk kan doorratelen, en dat ik soms twee keer hetzelfde vertel. Dat komt omdat ik weinig mensen zie. Maar ook van de zenuwen.

Dinsdag was het wel degelijk van de zenuwen. Ik weet niet meer wat ik allemaal heb uitgekraamd in het begin, om mijn alteratie weg te steken. Ik hoop dat ik u met mijn gebabbel niet heb afgeschrikt. Stopt er toch mee, dacht ik gedurig, hij gaat verkeerde gedachten van u krijgen. Maar ik kón niet zwijgen.

Ook dat zie ik altijd opnieuw gebeuren. Gij zit gereserveerd op de sofa, een beetje gegeneerd. De woorden stromen mij ongecontroleerd uit de mond, terwijl gij sprakeloos toekijkt en verstijft. Ik verzuip in mijn eigen woorden. Toe, zeg alstublieft dat het niet zo erg was. Of hoogstens alleen in 't begin.

Gij zijt mij rap met uw heerlijke wijn te hulp gekomen. Een man van weinig woorden, maar heel attent. Dat eerste glas heeft mij subiet gekalmeerd. Normaal kan ik niet tegen wijn, omdat die naar m'n hoofd stijgt. Daar word ik slaperig van. Maar dinsdag niet.

Ge zijt beginnen vertellen, over uzelf en over uw leven. En dat ge mij een aantrekkelijke vrouw vindt, hebt ge gezegd. Een bijzonder aantrekkelijke, levendige vrouw. Er is toch iets nasaals in uw stem, meen ik mij te herinneren. Ik wil u zo graag horen, zien...

Lieve Rik, het gevoel u dicht bij mij te weten overvalt mij geregeld. Dat gevoelen slaat in mijn buik als een vreemd zachte pijn. Daar bestaan woorden voor, maar ik weet ze niet te gebruiken. En als ik het al ooit gekund heb, dan kan ik het nu niet meer. Mijn hoofd zit vol en ik weet niets met zekerheid. Alleen dat het goed was, gij en ik samen. Heel goed, en al wat ik wil. Als ik zeg wat ik zo graag wil zeggen, als ik het uitspreek, ben ik bang dat het terzelfder tijd weg is.

Wat deed ik vroeger in godsnaam? vraag ik mij af. Hoe kreeg ik vóór dinsdag mijn dagen gevuld? Ik kan profiteren van mijn vervroegd pensioen, zei ik tegen iedereen die ernaar vroeg. En hoe kort ik nu mijn tijd? Hoe hou ik het uit tot vrijdag?

Ik voel mij tegelijk onsterfelijk belachelijk. Een rendez-vous via een contactadvertentie! *Deft. eleg. volsl. dame 56 gd. milieu huisel. brede inter. zkt. ser. eerl. vriend.* Toch kan ik vrijdag weer de gelukkigste vrouw van de wereld zijn.

Er wacht mij tot ik u weerzie nog een zee van tijd, lieve Rik. Een zee van tijd waarin de telefoon kan gaan of níet kan gaan. Waarin ik moet proberen de twijfels in de carrousel van mijn hoofd te bezweren, en het beeld in de spiegel te negeren.

Wat denkt die deftige elegante volslanke dame wel? Hoeveel jaren van gedwongen samenzijn en wettige echtscheiding hoopt ze te recupereren? Kijk naar uzelf en laat mij niet lachen, gebiedt mijn verstand. 'Dikke Pens' noemde uw voormalige wederhelft u twintig jaar geleden reeds. Zijt ge 't vergeten? En het gooi-en-smijtwerk? Ge moogt de keuken jaar na jaar opnieuw behangen hebben, huiselijke volslanke dame, toch kunt ge nog altijd blindelings wijzen waar de koffievlekken naast uw kop tegen de muur spatten. Denkt ge dat dan nu als bij toverslag te kunnen vergeten? Zoals ge uw chronisch vaginisme wilde vergeten toen de eerste de beste – gecontacteerd via het *Groot Advertentieblad* – het over uw mals mollig lijf had?

Oma van 56 met uw brede interesse, bekijk uw doorgezakt lijf in de spiegel en ga eens na hoe serieus en eerlijk die vriend van u is!

Ik wil het niet zien! Ik wil het niet horen!

Ik hoop, als het eindelijk vrijdag wordt, Rik, dat ik u nog in uw ogen durf zien.

Ik verlang zo naar u.

Maria

Aangezien ik nu toch al te ver ben gegaan, kan dît er nog bij. Het moét mij van 't hart en het is, eerlijk waar, niet kwetsend bedoeld, lieve Rik, maar ik haat het toupetje dat ge draagt. Het spijt me. Zelfs als het minder opvallend was, zou ik het even ridicuul vinden. Waarom draagt ge dat? Weet ge dan niet dat veel vrouwen kale mannen juist heel viriel vinden? Gij hebt toch absoluut niets te verbergen? Laat het thuis, toe, of laat mij het afnemen.

Het rijtje flessen met de heerlijke bourgogne begint serieus te slinken. Kom gauw.

Een reisje naar het Zwarte Woud

'Wat ik zo erg vind is uw verschrikkelijke pretentie. Alsof gij méér zijt dan een ander. Met uw kritiek altijd op mij en op iedereen. Zelfs op mijn moeder, terwijl 't mens niet anders doet dan godganse dagen slaven voor haar huishouden! Daar hebt gij geen respect voor. Tot 's avonds laat zit ze te stikken op haar kaduuk machien. Ze kan maar met één oog naar de televisie kijken omdat ze altijd bezig is met broeken voor onze pa of voor mij of voor mijn broers. En ze is niet eens naaister. Toch zijn ze schoon gemaakt, perfect, iederéén zegt het. *'k Zie toch liever jeans*, alleen gij krijgt het over uw hart om zoiets te zeggen. In haar gezicht! Ze zal 't nog een keer vragen, of z'u ook zo'n broek moet maken. En mijn moeder ziet u dan nog wel zo graag, ge moest eens weten. Mijn schoondochterken-te-weeg heeft toch zo'n schoon positie, zegt ze altijd. Tegen de familie, de geburen, tegen iedereen. Wie heeft er de frigobox volgestoken, denkt ge? Zelfgemaakte mayonaise, verse fruitsla en vier pottekes flan, voor elk twee. Uw Josianneke eet toch graag kouwe kiek, hé, vraagt ze mij dan nog. En gij vindt dat weer allemaal normaal. 't Is maar gewóón dat ze dat doet. En wat krijgt ze ervoor terug? Dat ge op haar verjaardag in uw meest versleten texasbroek aan ons tafel komt zitten zagen dat ge geen forel moogt, er alleen de garnalen van tussen peutert en zelf 't meest van de fles wijn drinkt die ge voor haar hadt meegebracht! Alstublieft! Onbeschofterik! Als 't met dié manieren is dat ge de wereld gaat veroveren, zult g'r ver mee komen! Begin maar eens met een beetje meer aan een ander te denken in plaats van gedurig aan uw eigen. Ik ik ik! Gij... egoïst, gij! Maar ge gaat tekenen! Ge moet! Gij godverdoemde steenezel!'

Wouter laat de kleurrijke ansichtkaart waarmee hij al die tijd dreigend heeft staan zwaaien moedeloos op zijn knieën rusten en zucht luid, geërgerd.

Josiane reageert niet, toch niet zichtbaar. Volgend jaar, met de uitkom, zullen ze trouwen. De datum ligt vast. Ze zit naast hem in het gras en staart met troebele ogen naar het water dat haastig wegschiet over de keien in het riviertje. Alsof ze gespannen naar het gekabbel luistert en hém niet hoort.

''t Is tegen u, hé, Miss Hoogmoed!'

De kaart tuimelt in haar schoot. Een gedetailleerde beschrijving van weersgesteldheid en omgeving, aan zijn moeder gericht, met lieve groetjes, Wouter en...

Ze kijkt hem aan, voor het eerst, met grote verwonderde ogen.

'Allez, toe...' zegt hij, als tegen een kind.

'Teken ik met Miss Hoogmoed of met Miss Pretentie?' vraagt ze bitter.

Wouter slaat zich met de kneukels van zijn vuist op het voorhoofd, drie keer. 'Godgodgod, waarom moet ik u toch zo graag zien...' raast hij ingehouden.

Josianne bijt haar tanden op elkaar tot haar kaken pijn doen en kijkt weer aandachtig naar de loop van het riviertje, alsof het antwoord daar over de keitjes wegglipt.

'Kunt gij niet eens één keer normaal doen?' schreeuwt hij. ''t Onnozelste tekeningske dat ge maakt, daar staat uw naam wél onder! In koeien van letters! Met de datum erbij! Alsof het ik weet niet wat is! Iedere scheet wordt gesigneerd en bewaard voor de eeuwigheid! Elke krabbel van u noemt ge kunst! Het trekt op niks, zeg ik u! 't Is bullshit!'

Hij stokt, gluurt naar haar gezicht. Ze kijkt met opeengeklemde kaken in het water en knippert niet eens met haar ogen. Bewegingloos als een standbeeld. De kaart op haar knieën begint zachtjes te trillen, bijna onzichtbaar.

Wouter zucht opgelucht. ''t Is écht waar, Joske. Ge kunt niet tekenen. Iemand moet het u toch eens zeggen. Anders blijft ge er in geloven en u van alles inbeelden. Zo riskeert ge zot te draaien op den duur. Nu begint ge nog met die balletlessen óók. Wat wilt ge toch? Ge moet realist zijn. Ge hebt nu al geen tijd, en ge zijt er te oud voor. Ge moet met uw twee voeten op de grond blijven, Joske. Kijkt maar eens hoe uw nonkel geëindigd is. Die dacht ook ineens dat hij artiste peintre was: héél zijn schoon confectieatelier naar de knoppen, terwijl hij nu in Merksplas voor de rest van zijn droeve dagen onnozelheid zit te schilderen. 't Is wreed dat ik het moet zeggen, maar ge moet oppassen dat ge ook niet zo wordt. Dat is erfelijk, zoiets. Och, trekt het u niet aan. Dat ge geen talent hebt, daarom zie ik u toch niet minder graag, ze-ker!'

Hij neemt de kaart van haar schoot, gooit ze bij het nog onbeschreven stapeltje in het gras en legt vergevingsgezind zijn grote hand in de plaats, op haar korte rokje en haar bibberende blote knie.

'Hela!' knijpt hij haar weer tot leven. 'Mijn Bieken, kijkt eens naar mij! 't Is toch waar zeker,' sust hij, 'we moeten eerlijk zijn, ons gedacht kunnen zeggen.' En hij kust haar en schudt haar zachtjes dooreen. 'Toe, kijkt niet zo beteuterd, Bieken, ik zie u toch graag!' En hij kust haar opnieuw en lacht: 'Dat is toch het voornaamste! Dat beetje kinderachtigheid, dat krijgen we er op den duur wel uit. Weet ge wie er écht molekes in haar kop had?' fluistert hij vertrouwelijk glimlachend. 'Uw tante Emilie, die in haar hovaardij overal ging rondbazuinen dat haar vent een tweede Van Gogh was. En ondertussen liet ze heel zijn commerce verkommeren!'

Josianne kijkt met diezelfde verwonderde ogen nauwlettend naar zijn mond: een peilloos diepe put waaruit al die woorden stromen, een gat tussen lippen die haar als vanzelfsprekend kussen. Wat een belachelijke troetelnaam, denkt ze. Alle troetelnamen zijn belachelijk, onnozel, maar de mijne is walgelijk vies.

'Kom, we zwijgen erover en we gaan samen een schoon wandeling maken in 't bos, mijn Bieken en ik. Dan schrijven we vanmiddag onze kaarten wel. Legt ze maar in de tent, en pakt ineens de stafkaart mee. Ik moet nog even naar de w.c.'

Wouter loopt over het keurig onderhouden campingterrein naar het afgelegen sanitaircomplex.

'Hebt g'al gezien hoe schoon dat 't hier is?' gooit hij vrolijk over zijn schouder, en hij wijst naar de omliggende bossen.

Josianne, de ansichtkaarten (Freiburg, Schwarzwald) in haar hand, staat als een paal naast het water (een vertakking van een vertakking van de Rijn). Ze ziet de rug van haar verloofde, hun tent (die grote oranje-bruine, tussen de bungalowtenten, tegenover de caravans), ten slotte zichzelf. Hier sta ik, zegt ze tegen zichzelf, met een zwart gat in mijn kop, een open wonde. Langs haar ogen, oren, neus en mond tegelijk wordt het licht opgeslorpt. Alles wordt zwart. De zonnige vakantiegroeten glijden ongemerkt van tussen haar vingers.

Lopen! Lopen! denkt ze als bezeten. Ze schreeuwt in stilte en schiet vooruit, in het niets, sneller dan ze kan. Ze loopt als een haas met de dood op het lijf. De wereld krijgt eerst vage contouren, dan weer zijn gebruikelijke vorm. Josianne loopt nu onmogelijk snel. Ze vlucht het bos in en laat de omgeving ver achter zich. Onvermoeibaar blijft ze lopen, in ijltempo, steeds verder weg.

Langzaam neemt haar angst af. Ze durft al eens omkijken: nee, hij zit niet achter haar aan. Het geluid van haar eigen voortvluchtige adem, van haar voortjagende passen, dreunt in haar hoofd. Hij kan mij nooit meer inhalen, denkt ze.

Door een pijnlijke steek in haar zij vouwt haar bovenlijf dubbel. Ze moet stoppen en laat zich neervallen. De bomen rondom haar hijgen met haar mee, een zot gezicht. Ze voelt zich licht, bijna zónder gewicht, en roekeloos vrolijk. Zat van de boslucht, denkt ze. Straks klim ik in die hoge boom en dan zie ik hem beneden rondlummelen, in de verte, met zijn stafkaart. Hoewel, 't zal niet goed gaan, zonder verrekijker. Ze lacht. Het klinkt als gemekker. 'Het slimste geitje is aan de wolf ontsnapt.'

Triomfantelijk gaat ze languit liggen, haar rug op de knisperende blaadjes. Ik dacht dat hier alleen naaldbomen groeiden! 'Pijn-bomen...' mekkert ze. Boven haar hoofd sluiten de hoge kruinen zich aaneen. Door die koepel valt hier en daar een scheutje zonlicht. Enkele straaltjes dringen door tot de grond. Kleine goudstukjes.

Plots krimpt ze ineen. Verdriet barst uit haar kop, uit elke porie van haar lijf. Veel te geweldig duwt het haar tegen de strot. Ze hoort zichzelf kermen, probeert met haar handen het ongecontroleerde schokken van haar lijf tegen te houden. Dat gaat niet. Niets gaat nog, dus geeft het nict.

Als ze leeggeschreid is, voelt ze zich, ondanks de vretende pijn achter haar ogen en in haar keel, al wat minder ellendig. Ze veegt met afgerukt gras en droge blaadjes het snot weg.

Wat moet ik doen, Joske? vraagt ze zichzelf. Geen eten, geen drinken, geen geld, zelfs geen jas bij. Ze krabbelt recht en vervolgt haar weg, de heuvel op. Ik zoek een weggetje. Waar dat dan naartoe leidt, weet ik niet. Hij gelukkig ook niet. Behalve als ik in een cirkel loop en uitkomt waar ik vertrokken ben. Molekes in haar kop. Monster! Ik wou dat hij doodviel. Val dood! Val dood! Morsdood! denkt ze.

In paniek springt hij in de auto, de oude Opel van zijn vader, om naar de post in Freiburg te rijden en naar zijn moeder te bellen. 'Hallo, mama? Mijn Bieken! Z'is weg!' snikt hij aan de hoorn. 'Z'is verdwenen! 'k Weet niet waar naartoe! Misschien gekidnapt!' Hij rijdt terug naar de camping. Door tranen verblind ziet hij de tegenligger niet. Een zwarte Mercedes knalt frontaal tegen hem. Op slag dood: het vas af. Genekt.

Maar er is telefoon op het secretariaat van de camping. 'Was sagen Sie? Ihre Frau ist verschwunden? Och, schade. So ein hübsches Mädchen!' Die twee levende mummies uit de caravan recht over de tent. Gisteravond zaten ze van onder hun parasol, te midden van de plastic bloemen, vertederd toe te kijken bij het gestuntel met de tent. 'Wir sind von Belgien, da sprechen wir Flämisch, Französisch und Deutsch, unsere drei Landessprache!' pakte hij uit. 'Und das ist meine Frau *Jooozian*, wir sind neues heiratet. Nein, nein, noch keine Kinder jetzt, aber vielleicht nächstes Jahr, wann wir einander wieder begegnen sollen!' loog hij schaamteloos.

Ochot, we zullen naar huis moeten. We zijn onze tuinkabouter vergeten! had ze geroepen, haar hoofd proestend in haar slaapzak verbergend. Zwijgt toch, zij verstaan u wel, hoor! siste hij bleek, omdat ze zijn opvoering verstoorde.

Freiburg zelf, waar ze bij hun aankomst snel wat inkopen hadden gedaan, had haar één immens toneeldecor geleken. Patronagetheater voor ouden van dagen (en nachten). Afgeleefde acteurs die, flanerend door de straten van het kuuroord, jonge personages opvoerden. Zieken die erop rekenden dat hun ogen gingen schitteren als hun goud.

Straks organiseert hij nog een zoektocht met alle hoogbejaarde autochtonen. Ze kammen voetje voor voetje het bos uit, en hij ondertussen maar uitleggen: 'Bei uns in Belgien ist das ein sehr gebräuchliches Zeitvertreib. Es heisst: sucht ihre Braut.' En allen roepen in koor: 'Bieken, Bieken! Wo bist du?'

Allemaal bullshit. Hij zit natuurlijk op zijn dooie gemak te wachten voor de tent, tot ik van armoe terug moet. De schoft, denkt ze. Hij kan daar nog lang zitten. Ik kom hier misschien wel iemand tegen. Een mooie, lieve jongen. Hij verstaat goed Engels, en ik vertel hem alles, alles wat er gebeurd is. Heel mijn leven vertel ik hem. Hij luistert en troost mij. Hij vertelt mij ook heel zijn leven. Het lijkt zo wonderlijk op het mijne. We begrijpen elkaar volledig. Het is niet te vermijden: we worden verliefd op mekaar. Zo graag als ik hem zie, heb ik nog nooit iemand graag gezien. Ik wil bij hem blijven. De volgende dertien dagen logeer ik alvast in zijn huisje, aan de rand van het woud. Eerst halen we mijn spullen op. We lopen hand in hand naar de camping. Wouters mond valt wijd open. Zijn ogen zijn rood en gezwollen van het schreien. Hij smeekt mij om vergiffenis, op zijn knieën. Z'n broek is gerafeld, gescheurd en zit vol modder. (Zijn moeder zal er het hart van in zijn.) Ik kijk niet naar hem. Hij bestaat niet meer.

Weer welt de pijn kokhalzend naar boven.

Ginder, een eind verderop, schijnt de zon voluit op een aarden wegeltje, loodrecht en warm. Het is middag. Langs de kant groeien piepkleine bosaardbeitjes, een lange strook die één kant van de weg lieflijk afbiest. Ze smaken vol en zoet, er heeft nog geen mens van gegeten.

Ik zal wachten tot vannacht, denkt ze, dan steel ik mijn eigen geld en kan ik met de trein naar huis. Maar ze voelt hoe hij haar in het donker betrapt en bij de pols grijpt. Ha! 'k Wist het wel dat gij hier waart, sist hij bleek. Hij belicht haar met de grote vierkante pillamp. De slapende kampeerders mogen hem niet horen. Ook zij durft niet te schreeuwen, ze is toch 'sein Weib'? Hoe moet ze hem uitleggen wat er gebeurd is? Wat is er eigenlijk gebeurd? Waarom werd ze zo verschrikkelijk bang, alsof de wereld verging?

'Menschenlieb, es war wie ihn mich abschlachtet hätte!' zegt ze. 'Und er sagt er liebt mich!' Hij zaagt het, ja. Hij heeft het wel honderdduizend keer gezaagd, iedere keer weer. Jedermann sagt es. Iedereen zegt het: 'Hij ziet u zo graag.' Mijn moeder zegt het ook: 'Gelooft mij, mijn kind, ge gaat er nooit meer één vinden die u zó graag ziet.' Zijn moeder zegt het ook (maar dat telt niet) en alle vrienden. Waaraan zien ze dat dan?

'Hij ziet u zo graag, dat moet nogal eens plezierig zijn voor u,' fluisterde Agnes, de vrouw van Wouters beste vriend, die café houdt en weet wat ze zegt, haar op een dag toe. 'Als de lieven naar huis gebracht zijn,

komen de jongens terug rond mijn toog staan ver-
broederen. Wel, uwe Wouter is de enige die nog niet
één keer ingegaan is op de avances van die verlopen
trezen die hier altijd blijven plakken,' mompelde Agnes trots. Josianne, die zag dat Agnes er, met haar
vettig haar in een staartje en op afgetrapte pantoffels, slonziger uitzag dan de 'trezen', glimlachte eens
gegeneerd.

Ze dacht aan de tent, hun eerste gemeenschappelijke aankoop, gespaard van hun zakgeld (hun loon
gaven ze thuis nog af, in ruil voor een slaap- en een
eetkamer na hun huwelijk). Die jonge gasten, dat
peinst alleen maar aan plezier maken, had zijn moeder afkeurend gemompeld, terwijl ze een hoek van
de garage vrijmaakte voor het gevaarte. Ge hebt nog
geen lakens, ge zijt nog niet getrouwd, en ge gaat al
samen op reis! Wat een grote, lompe tent, dacht Josianne.

'We zijn ons juist een tent gaan kopen. Een schoon
grote, met een afzonderlijk slaapcompartiment en al,
hé Bieken? En binnenkort is 't zover! Naar Duitsland! Met de auto! Gedaan met d'uitstapkes en fa-
mille!' kraaide Wouter, en hij wreef zijn grote handen tegen elkaar dat het knetterde.

Ze zaten met een paar vrienden van Wouter aan
de grote ronde tafel in café Las Vegas bij Agnes.
Goedkeurend gemonkel en afgunstig gebibber van
de vrienden en hun respectieve verloofdes.

'V... rij voorzichtig, voor onze kinderen. Ge weet
het, hé!' lachte Luc, sinds zijn mislukt jaar universi-

teit geregeld professor Lucas genoemd. Gerda, zijn lief, vroeg Josianne met een profijtig mondje: 'Wat zeggen ze daar thuis van?'

''k Zeg ma, de datum van onze trouw ligt toch al vast!' antwoordde Wouter in Josiannes plaats. 'Nu niet ouderwets doen, hé'

'Ik zou zoiets 't zelfde vinden als in 't geniep aan uw verjaardagstaart zitten terwijl 't nog belange niet zover is,' prevelde Gerda, de lauwe adem van haar zuinige mond tegen Josiannes oor. 'Voorhuwelijks-sparen is allang ouderwets!' verzekerde Luc, en hij kneep zijn kleine, glinsterende oogjes achter de dikke brilleglazen tot spleetjes. 'Tegenwoordig moet ge aan partnerruil doen.'

Dat van die taart zegt ze ook tegen hem, dacht Josianne.

'Nee, serieus: partnerruil, wat vindt ge daarvan?' ging Luc verder. ''t Gebeurt gelijktijdig, de ruil dus. Er is geen bedrog of jaloezie in 't spel. En véél goeie koppels zijn er content van, dus... Ge ziet toch van langsom meer van die advertenties: gevraagd voor PR? 't Houdt een langdurige relatie fris, naar 't schijnt.'

'Fris, fris,' meesmuilde Gerda, 'als g'u op tijd wast, blijft ge ook fris.'

''t Is vaneigen geen must maar voor mijn part... ik ben daarin liberaal...'

'Professor heeft dat dus van de week weer allemaal in 't parochieblad gelezen,' lachte Wouter luid. Hij zwaaide met een bezittersflair zijn arm rond Josiannes schouders en zei, het schuim van zijn Pale-Ale nog op zijn blonde snor: 'Dat komt weer van Holland overgewaaid zeker? Weet ge wat ik daarop zeg? Wat ge niet hebt, kunt ge niet ruilen. En wat ik heb, verwissel ik nooit!'

'En wàt hebt gij dan?' vroeg Josianne plots venijnig, en ze duwde de loodzware hand van zich af. De anderen keken afwachtend toe.

'Maar allez, Bieken!' riep Wouter geplaagd, te midden van zijn getuigen.

'Wàt hebt ge dan?' herhaalde ze luid, en ze beet met plezier in de klinkers.

'Een Dolle Mina in uwe nek,' kreunde Luc vol leedvermaak.

''k Wil toch alleen maar zeggen dat ik u voor geen geld van de wereld wil verliezen!' pruilde de Vermoorde Onschuld, die haar hand onder de zijne bedekte. De reikhalzende trezen konden het aan de toog allemaal goed volgen.

'Dat weet ze maar al te goed, Wouter!' sneerde Agnes afkeurend terwijl ze vol overgave haar glazen stond te blinken.

Ik wou die stomme tent niet, denkt Josianne, en ik wou liever naar Griekenland of naar Italië, eender waar naartoe, want ik ben nog nergens geweest. Zie mij hier lopen, in Duitsland! Ik heb het laten gebeuren. Terwijl ik op voorhand wist dat het toch niets zou worden. Waarom? Waarom heb ik alles laten gebeuren?

Een lief, schuchter vrouwtje, amper ouder dan zijzelf, had haar binnengelaten.

'Kijkt niet te nauw, want 'k heb nog niet gekuist,' fluisterde ze, terwijl ze haar schort afnam. 'Ha, tiens, uwe man is er niet bij?'

Josianne liep achter haar aan door de hall naar een kleine, klare living. Een gevelgroot raam gaf uitzicht op de overkant van de straat.

Het vrouwtje nam enkele speelgoedjes van het tapijt en legde ze in een leeg wiegje.

''t Is een goed appartement, en gerieflijk, maar 't is te klein geworden voor ons.' Ze liep naar de keuken. 'Een moderne keuken. Aanbouw. Alles blijft staan hoor!'

Ze keek Josianne monsterend aan. Die voelde zich een indringer. Ze probeerde alleen naar de muren te kijken, de ruimte, het gebouw, en niet naar wat er instond. 'Ge hebt maar één grote slaapkamer. In ons huis zijn er drie,' glunderde het vrouwtje.

Hoewel ze nadrukkelijk niét keek, zag Josianne boven het strak opgemaakte bed de poster met de uit hoge golven vurig aanstormende paarden.

'Hier slaapt de kleinste, terwijl de oudste naar school is.'

Josianne stak haar hoofd in het piepkleine kamertje naar binnen en hoorde het rustige ademhalen van een kind. ''t Is een schoon appartement,' zei ze, en om zich niet te verraden, 'maar een beetje benepen.'

''k Zeg het,' lachte het vrouwtje, 'wij hebben nu drie grote slaapkamers. Ach ja, er is ook een balkon, daar kunt ge de vuilniszakken zetten. Wij hebben nu een hof van meer dan honderd vierkante meter. Wilt ge niet gaan zitten? Soms geen goesting in een tas koffie?'

73

Ze willen 't aan kennissen overlaten, en daarbij, 't is te klein én te duur, had Josianne nadien aan Wouter verteld. Ge moet niet gaan kijken, 't is niet de moeite. We hebben toch nog alle tijd.

Josianne kijkt op. Enkele tientallen meters vóór haar lopen drie mensen haar tegemoet: een wat ouder paar met een opgeschoten slungelig kind, waarschijnlijk hun kleinzoon, op 'overlevingstocht'. Ze dragen hoge, zware bergschoenen, en elk van hen heeft een klein rugzakje. Ze kijken haar doordringend aan. Josianne voelt hoe haar blote tenen in haar dunne linnen schoentjes samenkrimpen terwijl het drietal dichterbij marcheert. Razendsnel maakt ze van haar handen een toeter, ze schreeuwt: 'Ik koom!' en vrolijk zwaaiend naar de starende trekkers loopt ze speels – 'Wie niet weg is, is eraan! Ik kom!' – het dichte woud in.

Ik moet beter uitkijken. Stel dat hij het was die ineens voor mijn neus opdook! Ik had geen kant meer uit gekund. Hij wéét dat ik alleen ben. Als hij mij hier vindt, ver weg van iedereen, kan er van alles gebeuren. Geen mens die het ziet. Ik kan roepen, maar niemand die het hoort, behalve de vogels. Op de camping zijn er tenminste nog andere mensen. Die zouden kunnen ingrijpen. Die kunnen hem tegenhouden. Hier zijn er geen getuigen. Ik dacht niet na toen ik ging lopen. Ik kán niet meer denken.

Denk dan nu, gebiedt ze zichzelf. Ik denk. Ik denk dat ik naar die wandelaars loop en hen uitleg dat ik naar de camping moet. Ik ga met hen mee. Daar wacht hij mij op. Met zijn Vermoorde-Onschuldgezicht. Hij zegt: 'Maar mijn stout, stout Bieken toch!' De triomfantelijke toon waarop hij dat zegt!

Het snerpende gezoem van een motorzaag doet haar schrikken. Ze is niet alleen. Er zijn houthakkers. Natuurlijk, in elk bos zijn er houthakkers. Struise ruwe mannen in geblokte flanellen hemden, of met het zwetend bovenlijf bloot, denkt ze. Waarschijnlijk twee. Zouden ze mij nafluiten of naroepen, gelijk de bouwvakkers thuis? In mijn licht zomerjurkje? In een grote boog loopt ze om het geluid heen. Ze ziet een man alleen, in een blauwe overall. Hij zaagt neerliggende bomen in handzame stukken die hij, zonder opkijken, in een aanhangwagen laadt. Hij werkt met afgemeten, routineuze, trefzekere bewegingen. De houtvester! Josianne herkent hem als de man uit het verhaal van de houtvester. Ze zet het op een lopen, zo geruisloos mogelijk wég van die vent en zijn ongebreidelde seksuele drift.

Het verhaal van de houtvester – volgens Josianne had het beter het verhaal van de versmade geliefde geheten – kwam van professor Luc.

Hij had het in de Las Vegas verteld, voor iedereen. 'Pas op, want het is in feite een psychologische test! Een wreed verliefd meiske wil kost wat kost naar haar vrijer, maar ze kan er niet bij. Hij is ver weg, over een stroom, achter een dicht woud. G'hoort, het, 't is allemaal symbolisch. De veerman wil haar overzetten met zijn bootje, 't is zijn job, maar aangezien ze geen geld heeft, moet ze de overtocht met haar kleren betalen. Helegans bloot loopt ze het bos in. Daar ziet de houtvester haar: zo'n schoon bloot meiske. En wat doet hij? Hij verkracht haar! Neenee, ge moogt mij niet onderbreken! Bon, hij verkracht haar dus en laat haar lopen. Een heremiet hoort haar schreien. Hij troost haar, geeft haar eten en laat haar in zijn grot logeren. Maar zij wil per se verder. 's Anderendaags vindt ze eindelijk haar lief. Ze werpt zich in zijn armen. Hij vindt het vreemd dat ze geen kleren aan heeft en vraagt wat er gebeurd is. Zij vertelt alles. Als dat zo zit, dan kan ik uw geliefde niet meer zijn, zegt hij, en hij verstoot haar. Voilà, dat is 't!'

Josianne had de geliefde een smeerlap gevonden, misschien omdat ze zich ogenblikkelijk met het meisje geïndentificeerd had. Maar iedereen moest zwijgen en in stilte, elk voor zich, in eer en geweten, de volgorde bepalen: 'Naar wie gaat uw sympathie uit? Rangschik dus, in dalende lijn, van meest naar minst, het meisje... Jaja, dat doet ook mee... de veerman, de houtvester... hihi... de heremiet en de vrijer. Van één tot vijf.'

Iedereen had zijn oordeel geveld en zijn cijfertjes genoemd. Wouter zette het meisje op de laatste plaats: 'Ze moest maar zo stom niet zijn. Ze lokt het allemaal zelf uit.' De vrijer stond bij hem, na de heremiet, op de tweede plaats. Josianne voelde zich misselijk worden.

Luc vroeg, als een echte professor, ieders cijfers op. Daar genoot hij ontegensprekelijk van. 'En nu de oplossing!' grinnikte hij. Elk personage staat voor een principe, een symbool dus. Het meiske is de onbaatzuchtige liefde. De veerman staat voor de commerce, de handelsgeest. De houtvester is de ongebreidelde seksualiteit. Die stond bij mij op de éérste plaats, jongens! De heremiet is de wijsheid en de wetenschap. En de geliefde is de sociale norm, dus euh... zeg maar: het menselijk opzicht.' Hij grijnsde, en de schittering in zijn oogjes verried méér dan plezier. Zijn uitspraak was onfeilbaar.

Allemaal waren ze beginnen roepen, door en tegen elkaar, protest en verontwaardiging. Niemand leek tevreden met zijn uitslag. Sommige vriendschappen dreigden onherroepelijk verloren te gaan. Enkelen wilden op de vuist, alsof dat nog kon helpen.

Gerda, die de veerman op één had gezet en als dochter van een kruidenier een ferme veeg uit de pan had gekregen, beweerde dat ze zich vergist had en de heremiet had bedoeld, de wetenschap. Maar niemand geloofde haar. Ze begon verschrikkelijk te schreien. Ten slotte had Luc, die buiten schot was gebleven, ingegrepen: ''t Is maar een spel! Een onschuldig gezelschapsspel!' gaf hij toe. En dat elk personage waardevol was in het leven, dat niemand zich in zijn gat gebeten moest voelen. 'Daarbij, ik heb het verhaal niet goed verteld. Niet neutraal genoeg,' beschuldigde hij zichzelf.

Het geruzie was stilletjes weggeëbd, althans aan de oppervlakte. Maar niet bij iedereen. Wat Josianne na dat verhaal van de houtvester voor Wouter had gevoeld kon ze pijnlijk duidelijk benoemen: haat.

Het heeft niet veel zin nog verder te lopen. Josianne is doodmoe, en door de pijnlijke blaren op haar voeten komt ze haast niet meer vooruit. Hier is ze ver genoeg, en veilig verborgen.

Bij een stroompje dat ze al verscheidene keren kruiste – als het niet telkens verschillende watertjes zijn, misschien wel hetzelfde dat naar de camping leidt – gaat ze zitten rusten. Hebt ge al gezien hoe schoon het hier is, denkt ze. Schoon als in een sprookje, bijna idyllisch. Ze gaat liggen en sluit haar ogen. Nu hoort ze alleen nog het eindeloos gekabbel van het beekje.

Hoe lang ze geslapen heeft, weet ze niet. Ze is wakker geworden van de kou. Het begint al te schemeren.

Snel raapt ze handvollen takjes en blaadjes bijeen die ze wat hogerop over de wortels van een reusachtige boom uitspreidt. Daar gaat ze zitten: ineengedoken, de zoom van haar jurk als een sjaal over haar verkleumde schouders.

Ze kijkt naar de bomen, waarvan de grillige vormen haar vertrouwd moeten worden vóór het helemaal donker is. Er is niets om schrik van te hebben. Niets. Vleermuizen doen niks. En als ik niet slaap, geeft dat niet, want ik heb al geslapen, denkt ze. Ik zit aan de zee en het is heerlijk warm weer. Ik help ons Sabientje met het maken van papieren bloemen, die ze in haar zandwinkeltje ruilt voor hele en halve handjes schelpen...

Mijn pil! Ik kan mijn pil niet pakken! Waar heb ik

ze ook weer gestoken? Gisteren heb ik ze nog geslikt, in het washok van het damessanitair. 'k Heb het doosje onder in de zak met tampons en verbanden verstopt, daar neust hij nooit in. Eén keer overslaan is al gevaarlijk, vooral omdat we gisteren uitgebreid gevrijd hebben, zoals hij dat noemt. 'Veertien nachten, Bieken, daar moeten we van profiteren!'

Ze was al meer dan een jaar geleden, samen met een vriendin, naar de dokter gegaan (niet de oude huisdokter, maar een met een nieuwe praktijk) en die had haar de pil voorgeschreven. Wouter mocht het niet weten. Van een condoom wilde hij niet horen. Hij kreeg 't niet aan, 't was niet op zijn groot formaat voorzien, zei hij. En als dat dan na verwoede worstelingen toch lukte, deed het hem pijn en nam 't al zijn gevoel weg, en 't stonk, en 't was kostelijk enzovoort. 'Ge denkt toch niet dat ik die klodden héél mijn leven ga gebruiken, zeker!' had hij gevloekt voor hij er, na de derde poging, definitief van afzag.

Josianne was er aarzelend over begonnen, maar ook de pil bleek voor hem gewoon onmogelijk: ze zou niet alleen zijn én haar plezier vergallen ('Ge zult dik en depressief worden, onder ander'), maar mettertijd zou ze hun duurzame relatie dramatisch aan het wankelen brengen. Hij was redeloos kwaad geworden, op de pil én op haar, alsof ze hem met een gevaarlijke rivaal confronteerde. Al die schrik waarmee ze daardoor elke maand had rondgelopen. Ze wou geen kind, nu nog niet en zeker nóóit van hem!

Josianne walgt, onverdraaglijke walging uit ieder plekje van haar lijf waar hij aan heeft gezeten. Met opengesperde ogen en bonzend hart springt ze recht en ze staart in het donker. Flauw maanlicht schijnt door de inktzwarte bomen. Alles is stil. Een bevreemdende, volmaakte stilte waar zij tastbaar midden in staat. Josianne luistert en ademt, gedachtenloos, oneindig lang.

"t Is voorbij,' zegt ze stilletjes tegen het donker.

Het dringt pas tot haar door wanneer ze 't zichzelf hoort zeggen.

Zodra het klaar genoeg is om te zien waar ze loopt, gaat Josianne op stap. Ze voelt niet hoe koud en stijf ze is, hoe haar opgezwollen voeten schrijnen. Ik ga naar huis ik ga naar huis ik... echoot het in haar hoofd, een ritmische dreun bij elke stap die ze zet. Ze voelt zich te leeg en te moe om te denken.

Toch moet ze vannacht nog ingedut zijn. Ze is wakker geworden met een beeld uit haar droom.

In de kleine lift van het appartement waarnaar ze was gaan zien, stond ze opnieuw naar zichzelf te kijken in de spiegel aan de namaakhouten wand. Toen keek ze lager en ze zag in de spiegel, links en rechts aan haar hand, twee identieke kinderen die haar spiegelbeeld eveneens aankeken. Hoewel de tweeling hooguit vier jaar was, hadden ze alletwee een duidelijk zichtbare, grote, blonde snor.

De zon geeft al warmte als ze beneden, in dunne nevelsliertjes, de camping ziet liggen. De oranjebruine tent is dicht. De bejaarde overburen zijn druk in de weer met kopjes en schoteljes. Alsof ze van een verkwikkende ochtendwandeling terugkomt, loopt

Josianne naar beneden, maar bij elke stap vullen haar hoofd en haar buik zich met een duizelingwekkende angst.

'Guten Morgen,' glimlacht ze bleek naar de verraste oudjes, en ze ritst kordaat de tent open: daar zit hij, ineengedoken op een vouwstoeltje achter het opklaptafeltje waarop een uitpuilende asbak en een rij wijnflessen, die ze een eeuwigheid geleden in Freiburg hebben gekocht.

Josianne schrikt. Zijn gezicht is afzichtelijk opgezwollen en zo karikaturaal veranderd, dat ze hem het duidelijkst aan zijn snor identificeert. Wouter kijkt haar aan met onooglijke oogjes, alsof hij een niet te vatten verschijnsel ziet, een spookbeeld van iemand die al lang geleden gestorven is. Ben ik dan even onherkenbaar veranderd? vraagt ze zich af.

Josianne blijft in de tentopening staan. Ze telt de lege flessen.

'Mij zoveel verdriet aandoen...' mompelt het gedeformeerde hoofd moeilijk.

Josianne voelt medelijden opwellen om zoveel lelijkheid. Het 'ik wil naar huis' dat ze zeggen wou, blijft in haar keel steken.

Wouter komt langzaam recht van het lage stoeltje, waarbij hij onhandig tegen het wankele tafeltje stoot. 'Mijn Bieken... Bieken toch...' zucht hij en hij strekt zijn lange armen naar haar uit. Met zijn verwrongen gezicht probeert hij naar haar te glimlachen, alsof hij verwacht dat zij zich in zijn armen zal storten.

Josianne herkent hem nu ten voeten uit. Ze wijkt

een stap achteruit. 'Wouter, ik wil naar huis,' fluistert ze.

'Waarom? Waarom?' vraagt hij en hij loopt op haar toe, zijn armen nog altijd uitgestrekt. Josianne, die opnieuw achteruit stapt, staat nu buiten de tent.

'Waar zijt ge geweest? Waarom zijt ge weggelopen? Wat is er gebeurd? Waar hebt ge geslapen? Héél de nacht hebt ge mij in onrust gelaten! Weet ge dat ik op het punt stond de politie te verwittigen? En uw moeder! Gaat ge nu zeggen waar ge gezeten hebt? Of vindt ge dat normaal misschien, dat ge zomaar verdwijnt!' vaart hij in crescendo tegen haar uit.

'Was ist denn los? Können wir Sie hilfen?' De oudjes staan verschrikt achter Josiannes rug naar Wouter in de tent te spieden.

'Nein nein, alles geht prima. Nur ein kleines Misverständnis. Gehen sie bitte schön,' haast hij zich en hij wacht tot ze naar hun plastic tuintje teruggekeerd zijn. 'Ge hebt gelijk dat we hier weg moeten,' fluistert hij. 'Die mensen hebben 't allemaal in de gaten, dat ge weggelopen zijt. Ik dierf mijn kop niet laten zien. Gisteren en vannacht heb ik hier heel de tijd op u zitten wachten. 'k Heb geen oog dichtgedaan. Ge weet niet wat ge mij allemaal aandoet! En nu moet ik nog mijn vakantie laten verbrodden ook!' Hij zucht diep. 'We zullen ergens anders naartoe gaan, hé. Er zijn campings genoeg in 't Zwarte Woud.'

Hij wil haar arm aanraken. Ze trekt zich bruusk terug.

'Ik ga nù naar huis, Wouter. Met de trein.'

82

Hij ziet dat ze het meent en zwijgt. Geruststellend knikt hij in de richting van de overburen. Josianne ziet zijn grimmig lachje. 'Wat zit ik hier alleen te doen?' zegt hij. 'We keren samen terug. Samen uit, samen thuis.'

In recordtempo hebben ze alles opgebroken (Josianne heeft stiekem – en voor alle zekerheid – twee pillen geslikt) en de auto volgeladen en zijn ze vertrokken.

Op de autoweg legt hij zijn hand op haar knie. Josianne probeert haar afschuw te verbergen, tilt de hand zachtjes op en brengt ze terug naar het stuur.

'Mag ik nu al niet meer aan u komen ook...' zegt hij, verontwaardigd.

Hij durft het niet zien, niet voelen, niet weten, denkt Josianne, en ik durf het niet zeggen.

Wouter, gewoonlijk een rustig, bedachtzaam chauffeur, rijdt onoplettend en hard. Als gewoonlijk weigert hij het stuur aan haar over te geven. 'We zijn alletwee doodop. Doodop zijn we, alletwee...' blijft hij herhalen, alsof het een geldig excuus is voor alles wat er gebeurd is. Dat ze nog niet één keer naar hem geglimlacht heeft, en hem een kusje blijft weigeren, en hem iedere keer opnieuw afweert als zijn hand van de pook naar haar knie glijdt, dàt verontrust hem ten zeerste.

'Er is toch niets onherroepelijks gebeurd, hé Bieken? Gij loopt toch constant te hard van stapel! Ge zijt niet voor niets zoveel jonger dan ik. 'k Zal met u nog veel geduld moeten hebben, hé? Jaja, 'k weet het wel. Maar 'k zie u dan ook zo graag. Ge zijt moe, gelijk ik. We zijn alletwee doodop...' probeert hij zichzelf te overtuigen.

Wie zit wie hier nu eigenlijk voor de zot te houden? denkt Josianne.

'Ge ziet mij toch nog graag, zeker?' vraagt hij ineens, keihard in de gespannen stilte. 'Hé? Dat ge mij toch nog een beetje graag ziet?' herhaalt hij, gemaakt luchtig.

Josianne kan niets zeggen. De angst in haar ogen wordt groter. 'Een... klein beetje?' dringt hij aan, en hij legt aarzelend zijn hand op haar knie.

''k Weet niet...' fluistert ze, laffelijk bang.

Plots duwt Wouter het gaspedaal nijdig tot tegen de vloer en hij begint als een gek over de snelweg te slingeren. De oude Opel schudt en beeft, rammelt aan alle kanten terwijl hij rechts inhaalt en over de pechstrook rakelings langs de paaltjes scheurt. 'Godverdomme!' vloekt Wouter binnensmonds en hij snelt blindelings verder.

Josianne begint op hem in te praten: 'We zijn doodop, Wouter. Alletwee. Ge hebt het zelf gezegd. Hoe kunnen we nu helder denken? Morgen, Wouter, zullen we rustig thuis zijn, zonder ongelukken...' (Gij zot! Vervloekte zot! Ik wil niet dood! Moordenaar!)

Andere weggebruikers claxonneren en maken woedende gebaren naar hen. Langzaam mindert hij vaart.

'Maar ge ziet mij toch nog graag!' sist hij en hij kijkt haar doordringend aan. Zijn ijzige staalgrijze ogen boren zich in de hare.

'Maar natuurlijk, Wouter, van eigen...' fluistert ze als verdoofd. Ze neemt zijn klauw van haar knie en legt ze weer op het stuur.

Om elf uur 's avonds rijden ze Josiannes straat in. Ze is dolgelukkig de doodgewone grijze huizen terug te zien.

'Wat zullen we tegen uw ouders zeggen?' vraagt Wouter, terwijl hij de auto voor de deur stopt.

Er brandt geen licht meer op de gang. Josianne gooit het portier open en veert, als een overspannen duiveltje uit een doosje, de auto uit. Ze klampt zich vast aan de koperen stang boven de brievenbus en drukt, zonder ophouden op de bel. Haar gezicht is nat van de tranen.

'Jajajaja...' hoort ze haar moeder op de trap wrevelig zeuren..

'Mama! 't Is ons Josianne!' roept Sabine, met haar hoofd door het venster. Wouter komt achter haar staan, zijn hand op haar schouder.

Moeder opent de deur. 'Wat is er gebeurd?' vraagt ze, haar gezicht nog bleker dan haar nachthemd.

''k Ben hier! 'k Ben hier levend geraakt!' huilt Josianne, die naar binnen stormt.

Wouter grijpt haar met beide handen bij de pols.

'Laat mij los!' schreeuwt ze, uitzinnig van woede.

Hij sleurt haar naar zich toe en blaast zijn hete adem in haar oor. ''k Moet nog een laatste keer met u vrijen...'

'Miljaar! Wat is al dat kabaal daar?'

Boven aan de trap staat de dreigende gedaante van

Josiannes vader. Wouter lost zijn greep. Josianne rent naar boven, haar vader voorbij, en vlucht de kamer van haar zusje in. Sabine staat verschrikt bij het open raam.

''t Is allemaal niets, Bientje...' schreit Josianne. Ze sluit het venster. 'Kom eens bij mij, toe...'

Beneden in de gang overlegt Wouter met haar moeder.

'Morgen gaan we naar de zee, gij en ik...' fluistert ze tegen haar zus.

Er wordt op de slaapkamerdeur geklopt. Haar moeder fluistert in het deurgat: 'Josianne, Wouter heeft gezegd dat, als ge nú niet met hem wilt spreken, hij u nooit meer wil zien.'

'Ik wil hèm niet meer zien, ma.'

'Josianneke, ge wéét toch dat ge nooit meer iemand zult vinden die u zo gaarne ziet als hij...' zegt ze, bijna smekend.

'Dat hij ontploft, ma.'

Haar moeder vlamt de deur dicht en loopt de trap af.

'Angèle! Is die godverdomse zever bijna gedaan, ja!' brult haar vader vanuit het echtelijk bed.

Wouter wordt buitengelaten. Verwensingen mompelend komt moeder langzaam de trap weer op.

Op straat roept Wouter: 'Josianne! Ik ga mij verdoen! Hoort ge mij? Ik rij naar de Dender! Josianne! Smerige teef!'

Ze hoort de motor aanslaan en de auto optrekken, bulderend, piepend, jammerend.

Stoofvlees

Gisenyi, juli 1992

Ik hoef niet bang te zijn dat hij in mijn dagboek bladert. Nu zijn bril stuk is en hij kinderachtig weigert een nieuwe te kopen 'ça vaut plus la peine', kan hij geen letter meer lezen. Niet dat hij vroeger ooit notitie van mijn schaarse aantekeningen nam, maar af en toe ontviel het hem wel eens. 'Ge zijt toch niet aan uw memoires bezig zeker?' 'Ge peinst toch niet dat er iemand geïnteresseerd is in wat ge allemaal meent te moeten opschrijven?' 'Afrika is "out", mijn kind. En gij ook.' Altijd met dat superieure lachje. Hij nam toen nog de moeite zich tot mij te wenden, al was het maar om iets dat hem was tegengevallen op mij af te reageren, een of andere doordeweekse futiliteit. Nu interesseert ook dat gebekvecht hem niet meer.

Sinds we het huis in tweeën hebben verdeeld, zie ik hem alleen nog als hij in de grote paillote tussen de bananebomen zit, achter in de tuin, om te eten, te lezen of te dammen met zijn boyesse Désirée. Gisteren zat ze hem voor te lezen uit een van zijn Simenons, haperend en stotend in dat vermassacreerde Frans, alsof hij, geduldig, serieus, haar les overhoorde.

'Kamiel, forceert u niet, hé! Ge zijt met pensioen!' riep ik.

'La vie me semble beaucoup plus belle depuis mes lunettes sont cassées, tu vois, madame la Directrice...' grijnsde hij debiel en bijziend.

De intimiteit van met mij Nederlands te spreken wil hij niet meer, zodat het weinige dat hij zegt eerder voor het personeel bestemd lijkt dan voor zijn eigen vrouw. Het varken!

Hij is al lang ziende blind. Ons leven staat op het spel zolang hij die boyesse niet wegdoet. Er zullen ongelukken van komen, en hij wéét het. ('Het enige dat hier groeit, is hun onbetrouwbaarheid.' Al jaren een van zijn standaardgrappen voor de nieuwe cooperanten.)

Ze heeft er meer dan één scène voor opgevoerd, de boyesse: zich aan zijn voeten werpend, tranen met tuiten blèrend en jammerend dat ze geen Bagogwe-bloed heeft. 'Je vous jure, Madame, pas une seule goutte!' maar wel negen 'petits frères et soeurs qui doivent manger!' (Voor hen en voor de rest van haar overbevolkte en ondervoede familie pikt ze al het eten uit mijn keuken.) Ge ziet echter van ver dat ze minstens half Tutsi moet zijn, zo'n lang benig lijf en zo'n pretentieus gezicht waarmee ze naar de grond voor mijn voeten begint te glimlachen wanneer ik haar voor de zoveelste keer berisp. En als de Interhamwe erachter komt dat wij een Tutsi in huis hebben? Of de CDR?

Het steekt de boys hun ogen uit dat zij hier hele dagen rondloopt en zich ondertussen volvreet. Ze moet alleen maar zijn rug schuren, zijn eten brengen (Evariste maakt het klaar in mijn keuken, om begrijpelijke redenen), zijn voeten wassen en met hem dammen. En hem nu blijkbaar ook voorlezen, alsof hij weer kleuter wordt.

Hij mag er dan in de loop van de jaren echt als een varken zijn gaan uitzien, en zich ook navenant gedragen, toch is hij sterk als een os, nog altijd. Al die geveinsde kwaaltjes waarmee hij van zijn bed naar zijn bad loopt, zijn dan ook ongeloofwaardig slecht gespeeld. Het is alleen lachwekkend doorzichtig als hij weer overal tegenop botst en over alles struikelt, of als hij een koortsaanval heeft en braakt. Het is de whisky. (Alsof ik dat nooit zelf mocht ondervinden!) Nu de weg naar de hoofdstad weer gebarricadeerd is en er nergens nog Cola wordt verkocht, moeten we hem puur drinken. Sindsdien zijn de evenwichts- en andere stoornissen van patron Kamiel duizelingwekkend toegenomen. Hij speelt met zijn leven, en hij weet het.

Ik heb er geen idee van wat ze daar allemaal uitspoken. Hij weigert nog altijd mij de sleutels van zijn kamers te geven. Maar ik weet wel dat veertig percent van hen seropositief is. En hij duikt met haar van zijn bad in zijn bed alsof 'le sida' nog moet worden uitgevonden.

Gisenyi, augustus 1992

Ik heb een fabelachtige ontdekking gedaan! Ik wist nog wel half en half dat ze in het grote voorraadhok onder een stapel tapijten stonden, vijf volle kratten, maar ik was me er niet van bewust hoe jarenlang gerijpte port kan smaken. Heerlijk vol, zalig zoet, in één woord: voortreffelijk.

Een échte verrassing, aangezien ik er node aan begon, bij gebrek aan beter eigenlijk. (Nog steeds geen Cola te krijgen, of weeral niet meer.) Sinds mijn ontdekking loop ik niet langer met die wrange whiskynasmaak rond: mijn adem blijft lekker geparfumeerd ruiken, mijn tong proeft rond en zacht. (Als ik met mijn handen een afgesloten luchtkamertje vorm om mijn adem van mijn mond naar mijn neus te loodsen en dan met korte, snelle stootjes inhaleer, liefst met gesloten ogen, ben ik weer achttien jaar. Ik zit dan bijvoorbeeld in een exuberante zomerjurk die eigenlijk te kort is, met mijn kwetterende tantes in de salon bij ons thuis en ik drink mijn eerste glaasje aperitief terwijl de zon door het gebrandschilderde raam kleurig naar binnen schijnt.)

Het vrolijk geklingel van de zware sleutelbos tegen mijn heupen geeft mij een veilig, beschermd gevoel. Een reëel houvast. In de nieuwjaarsvakantie was dat al gebleken, toen die bende ladderzatte militairen binnenviel, om nog geen vier uur in de ochtend. Ik was het eerst in het (afgesloten) bureautje bij de (vergrendelde) telefoon om het privé-nummer van de kolonel te draaien. Bij de pedante Vercammens en de onverdraaglijke Van Outryves – die nochtans hun voordeur met matrassen hadden gebarricadeerd – zijn de soldaten, terwijl ze hen bedreigden met mitrailleurs, weggelopen met alles wat ze konden dragen. ('S'ils commencent à embêter les blancs, ça va plus, non!') 'Attendez, Messieurs!' riep ik vanuit het bureautje. 'Mon ami le colonel Van Dam va tout de suite arriver pour m'expliquer votre comportement!' Maar ze hebben niet gewacht. Nog rapper dan ze hier stonden zijn ze naar buiten gesneld.

Sindsdien is het weer rustig geworden. Die nacht heb ik door mijn tegenwoordigheid van geest, én door mijn sleutels, veel onheil afgewend. Veronderstel dat ze zijn kamers waren binnengedrongen en er die lange slet hadden gevonden... Maar daar lacht hij mee, en zijn sleutels geeft hij me niet.

Zelfs de zoete smaak van de port kan niet verhelen dat het met de school slechter gaat dan ik hoopte. Het ziet ernaar uit dat ik de cirkel niet rond zal kunnen maken en dat de school nog vóór mijn pensionering zal worden opgedoekt. Er zijn niet genoeg inschrijvingen, waarvan zou ik dus de lonen betalen?

Zoals altijd heb ik ook de voorbije vakantie opgeofferd aan het uitstippelen van een beleidslijn, terwijl het merendeel van de leerkrachten zich in het vaderland liet bewonderen en verwennen.

Ach, België! Hoe lang is het niet geleden dat ik ben teruggegaan? Hier heb ik alles al duizend keer gezien, en in de buurlanden ook. Maar zo'n uitstapje met iemand anders, even wég zijn... Misschien zou dat mijn zinnen verzetten. Er is hier niemand bij wie ik te rade kan gaan. (Het varken ligt weer in zijn bed. Het onvoldoende aantal inschrijvingen, de niet verlengde contracten, de slinkende overheidssteun, de geruchten over repatriëring... het zal hèm een zorg zijn!)

Er zou een hongersnood op komst zijn. Uit schrik voor de rebellen zijn duizenden zwarten op de vlucht geslagen, naar het schijnt. 'De temps en temps, ils s'entretuent...' zegt het vriendelijk zwart zusterke uit het klooster aan de rand van het meer. (Ze hebben daar een prachtige tuin.) Bij mijn weten zegt ze dat al jaren. Ze kan zo hartelijk en innemend mijn hand schudden. Dan legt ze haar andere hand beschermend over de mijne. 'On ne peut que prier pour les pauvres pécheurs...'

De stokoude Benedicta, ooit econome en nu de enige overgebleven blanke non in het klooster, schudt meewarig haar grijze hoofd met het grijze kapje. 'Die ottooos, da mah ook nie... We meugn widder us da nie risjchiern en 't us van Hod... 't Sin commerçantn... Oan ze ze vingn, steekn z'us kloooster oook en brand... Jezus èt en z'n Testamènt de koopliedn ut'n tèmpel verdreevn en vervloekt...' raaskalt ze in haar sappig Oostends, terwijl ze ijverig doorgaat met het kleven van etiketjes op de ambachtelijke prullaria, bedoeld voor de schaarse verloren gelopen toeristen.

Verder dan het klooster waag ik mij niet, op m'n eentje. De soldaten en gendarmes aan de barrages die ik moet passeren, kennen mij al goed. Ze blijven redelijk beleefd, 'Bonjour, madame la Directrice, on va chez les soeurs?', en ik moet meestal mijn papieren niet meer tonen. Behalve als die vervelende sergeant Innocent Habyarimana er staat te grijnzen, dan heb ik het spek aan mijn been. Hij eist lectuur, 'sinon je m'ennuie, car je n'ai rien à faire ici,' met het air van een belezen intellectueel, hoewel hij mijn paspoort ondersteboven zou houden als er geen foto in stond.

De laatste keer was hij doldriest (hij stonk naar de Primus) en hij wilde mij niet doorlaten voor hij mijn balpen in het borstzakje van zijn uniformjas kon haken. 'A la prochaine, madame la Directrice!' zwaaide hij overmoedig met zijn mitrailleur.

Ik heb hier nog geen rebel gezien of gehoord, geen hongerende vluchtelingen, geen lijken. Alleen militairen van de Eenheidspartij, met af en toe een gele fascistenmuts ertussen (die zullen ze wel mooi vinden) en nogal veel vlaggen van de MDR, tegenwoordig. Maar alles blijft rustig.

Het leven wordt elke dag duurder. De boys komen met steeds minder terug van de markt. Ik heb het personeel moeten inkrimpen, zodat we naast de drie boys nog slechts over één nachtwaker beschikken, wat onze veiligheid niet verhoogt. Maar het varken wilde de boyesse niet laten gaan. Ik heb dan maar voor het minste kwaad gekozen en een zamu weggestuurd. Die lag toch geregeld te slapen in zijn kot. (Hij kwam van kilometers ver, uit de heuvels, en hij was niet alleen bekaf van de trip maar ongetwijfeld ook van het werk op het veld overdag, zodat hij hier – tegen betaling! – rustig kwam uitslapen.)

Ik zal nooit vergeten hoe ik hem ooit moest gaan wakker maken, die nacht omstreeks de jaarwisseling, toen alle honden uit de buurt als bezeten blaften en de rook uit de geplunderde winkels rond het marktplein tot over ons huis joeg. Ik was te bang om het licht aan te maken. Ik luisterde tevergeefs naar zijn voetstappen op het grind voor de ijzeren poort. Hij was niet op post. Ik bukte mij om door de opening in zijn rieten hok te kijken. Meneer zat te slapen! De machete op zijn buik flitste bij elke ademhaling even op in het licht van de maan. Geschokt als ik was gaf ik hem een trap. (Voor hèm had ik nota bene altijd de beste overschotjes van het avondeten gespaard, opdat hij sterk zou staan en alert zou zijn bij het minste onraad!) Ik schreeuwde mijn verontwaardiging uit, terwijl hij mij bleef aangapen alsof hij een verschijning zag.

Toen ik de zamu vandaag, bij zijn ontslag 'vanwege de toenemende levensduurte', dit incident in herinnering bracht, slaagde hij er zelfs in te schreien. 'Moi tumeur!' balkte hij. 'Cancer parfois ventre!' (Ze zijn rap, die mannen, om op uw gemoed te werken.) Hij tastte naar zijn maag en met zijn zinnen-van-één-woord probeerde hij mij ervan te overtuigen dat hij geopereerd moest worden maar dat hij mij nog niets had verteld uit schrik voor werkverzuim en ontslag. (Waar had hij van een operatie beter kunnen herstellen dan hier, rustig slapend?) Hij toonde mij een verfomfaaid ziekenboekje met de uitslag van een radiografie ('Tumeur'), ondertekend door een mij onbekende dokter uit de hoofdkliniek van Ruhengeri. Ik heb hem 2.000 Ruandese franc extra gegeven, hoewel ik met heel die ziekteaffaire niets te maken heb. Maar zo ben ik. Hij kan toch niet te voet naar ginder lopen, denk ik dan.

Gisenyi, september 1992

Goed nieuws! We zijn (weliswaar met de hakken over de sloot) alweer met een nieuw schooljaar gestart. Er is weinig veranderd in de personeelsbezetting. Zelfs de pedante Vercammen en de onverdraaglijke Van Outryve zijn gebleven ('Si c'était pas pour vous, madame, on était déjà longtemps parti!' Hahaha...), zodat er alleen voor mathématiques een nieuwe leraar komt. Het is zo'n baardige, eigengereide kerel zonder (gezins)verantwoordelijkheid die, hoewel hij hier voor het eerst is, al direct voor mij (die hier méér dan dertig jaar zit) de politieke situatie uit de doeken doet. De naïeveling!

Op weg hierheen, aan een van de ontelbare barrages, sleurden soldaten een man uit de bus op wie ze vervolgens begonnen te slaan, zei hij. Ze bleven maar schoppen en stoten met de kolf van hun geweer, terwijl die zwarte ineengekrompen op de grond lag. Waarschijnlijk hebben ze hem doodgeslagen, zei hij, maar hij had het niet gezien omdat de bus was doorgereden.

'Wat doe ik hier?' riep hij pathetisch. 'Au nom de Dieu! Ik kom hier rekenen geven aan een école privée!'

'Er is geen engagement meer zoals vroeger!' zei ik streng. Hij moet het moreel van mijn leerkrachten al niet bij 't begin van 't schooljaar aantasten met zijn negativisme. 'Ge zijt toevallig getuige geweest van een of ander exces van tribalisme. Maar ge schijnt te vergeten dat dit een ontwikkelingsland is, met alle problemen vandien. Wij ouderen weten dat we al jaren tegen de stroom in roeien, en geven wij het daarom op? Al wat wij met ons idealisme, met bloed, zweet en tranen hebben opgebouwd, is door de zwarten – want negers moogt ge niet meer zeggen – stelselmatig met de grond gelijk gemaakt, uit onwil of uit onkunde. Ge hebt nu zélf eens gezien wat die grote "authenticiteit" inhoudt: elkaar afslachten in eeuwig voortwoekerende stammentwisten. Ze zullen nooit een haar veranderen, jongen. En als ge er niet tegen kunt... D'ailleurs, heeft iemand u verplicht naar hier te komen?'

Ik denk dat hij journalistieke ambities heeft.

Er is nog méér goed nieuws: Kamiel heeft mij de reservesleutels van zijn kamers toevertrouwd. Ik heb mij niet verbaasd of verheugd getoond maar ze, stil glimlachend, met een routineus gebaar aan de zware bos rond mijn middel bevestigd. Daar vervolmaken ze de geruststellende symfonie van gerinkel en getinkel. (Door die port komt het, denk ik, dat ik zo poëtisch begin te schrijven.)

Dat simpele gebaar, mij stilzwijgend zijn sleutels aanreiken (het is een mooi symbool), luidt een kentering in onze relatie in. Ik zal zijn verloren gegaan of vervlogen gewaand vertrouwen herwinnen, dat staat vast!

Vanmiddag laat ik Evariste stoofvlees met frietjes klaarmaken. Ik zal zijn lievelingskostje zelf naar de paillote brengen, en hij zal het inzien: we hebben samen, als man en vrouw, nog een heel eind te gaan, we zijn nog niet uitgestreden. En die zwarte slons heeft hij nergens voor nodig.

Dinosauriërs

'Blijfduituweneus!' zegt hij aldoor tegen mij.

Maar hij doet het zèlf. Ik hoor de droge korstjes wel, pik pok, op het parket vallen. Onder de tafel. Dan zucht hij luid, HOEAAAWHAgggg... Niks aan de hand.

Hij steekt een postzegel op zijn pincet omhoog en kijkt ernaar. In het licht. Met zijn serieus gezicht.

De brokjes liggen daar nog. Moemoe moet ze opvegen. 'Al dat stof en dat vuil dat gij meebrengt van uw wandelingen!'

Ik zit met mijn dino pop in de sofa. Allebei houden we onze benen omhoog voor moemoe met haar borstel. Vava heft zijn voeten natuurlijk niet op. Het stof kriebelt aan mijn neus.

'Als ge boven zijt, brengt mijn pantoffels dan ook maar mee,' zegt vava zonder uit zijn album op te kijken. Zijn ouwe mop. Hij lacht met gesloten mond. Ge kunt het niet goed zien.

''t Is maar wrijven, mijn neus jeukt zo.' Ik laat nog eens zien hoe ik dat doe. Hij kijkt niet.

'Blijfduituweneus. Hoe dikwijls moet ik het nog zeggen!' Vava spreekt zoals het in zijn boek gedrukt staat. In grote letters.

'Als uw neuske jeukt, is dat omdat er ergens iemand aan u denkt,' zegt moemoe, 'is 't niet, vava?'

Vava antwoordt natuurlijk weer niet.

Vava en moemoe vind ik maar stomme namen voor baby's. In werkelijkheid heten ze Theofiel en Thérèse. En ze zijn al oud. En lelijk. Vava is de grootste en de baas en de lelijkste. Moemoe is altijd moe. Haar naam past dus wel bij haar. Ze is ook veel kleiner dan vava. Straks sterven ze al. Dan steken ze hen in de grond. Samen in de kelder. Die hebben ze gekocht voor de hele familie. Ze vinden dat schoon. En ze zijn er fier op, omdat ze nog altijd in God geloven. Vanuit ons familiegraf vliegen we samen met de engelkes naar Gods hemel, zegt moemoe. Dat kan niet, want vava gaat altijd alleen op stap en moemoe wil nooit op vakantie. Ze kan het huis toch niet alleen laten?

Ik héb al eens gevlogen. Hoger dan de wolken, naar Griekenland. Als alle mensen onder de grond zitten, zullen de dinosaurussen terugkomen. Nu hebben ze geen plaats genoeg. Dan kom ik ook terug. Maar ik kom niet terug met vava en moemoe. Toen zij geboren werden, zat ik nog onder de grond. Bij de voorhistorie. Ik zal erop letten dat ik juist weg ben als zij terugkomen. Zo kom ik ze onderweg niet tegen. Moemoe zal het niet leuk vinden, ze wil dat ik meega naar de hemel. Terwijl niemand het zag, heeft ze me zelf gedoopt, met Spa Reine. Ik was nog een baby. Mama is het te weten gekomen: eerst was ze kwaad, maar nu moet ze er altijd mee lachen. Ze zouden best sterven als de grote vakantie begint, anders zit ik hier nog zo lang.

'Moemoe, als ge dood zijt, voelt ge dan ook of er iemand aan u denkt?'

Meestal denk ik aan de Triceratops. Dino is er een. Hij is de sterkste en de liefste en hij heeft een mooie grote neus. Hij was de laatste dinosaurus. De andere waren al uitgestorven. Na hem kwamen de ratten en andere zoogdieren.

Moemoe staat voorovergebogen met stoffer en blik moeizaam te hijgen en te krochen.

'Hé, moemoe? Ik denk het wel, hoor.'

'Ik zou 't niet kunnen zeggen, Maya.' 'Ma ja' zegt ze altijd. 'Maar nee' moet ik daar dan bij denken. Ze is lastig omdat ze zich niet goed kan bukken. Haar poep is te dik.

'Blijfduituweneus.' Hij weer!

'Ik wijs Dino alleen maar zijn hoorn bij mij aan. Hier boven op mijn neus de grootste, en dan nog twee...'

'Blijfduituweneus en spreekt mij niet tegen.'

Moemoe heeft de soep al uitgeschept, zo kan ze wat afkoelen.

'Ndnaam vava dzoon tsij tsee tsaam,' bidden vava en moemoe.

Vooral soep met balletjes kan moemoe lekker koken. Mama maakt nooit soep. Zo'n rover van de tijd. Vava en moemoe hebben tijd.

'Er is weer te veel selder in,' zegt vava. Hij neemt één na één z'n pilletjes uit zijn doosje en propt ze in zijn mond. Alleen dat piepkleintje, speciaal voor zijn hart, moet altijd in het groene doosje blijven. Op het doosje van moemoe staan bloemetjes. Ik mag er niet aankomen, er zit vergif in. Alleen zijzelf kunnen er tegen.

'Ventje toch, evenveel als anders. Ge hebt er nog niet eens van geproefd.' Moemoe plukt verdrietig uit hàar doosje.

'Ik zie dat op 't zicht.' Vava spiedt naar zijn soep als naar een reuzenpostzegel.

'Mmmm, moemoe... heerlijke soep!' Ik overdrijf wel wat. Ze smaakt gewoon lekker. Ik kijk naar zijn serieus gezicht. Met mijn mouw veeg ik langs mijn neus, die druipt van de damp. 'Oprecht overheerlijk. Dat kan niemand tegenspreken.' Ik lach stilletjes, vanbinnen, met mijn mond toe.

'Snuit uw neuske, Maya (maar nee). Dat is onbeleefd.' Moemoe geeft mij haar zakdoek uit haar schort. Wat is ze stom! Ze begrijpt ook niets.

'Ge moogt niemands vuile zakdoek gebruiken, zegt mama, da's ongezond.'

'Dat ze 'r u dan een meegeeft! Daarbij, hij is niet vuil.' Moemoe is boos.

'Wie leert u al dat tegenspreken!' zegt vava, die nu heel kwaad in mijn ogen kijkt. Met zijn serieus gezicht.

Kom, vrienden Triceratopsen, zal ik zeggen. Hier in deze kelder liggen hun geraamtes. Graaf ze maar op. Ik zal ze naar onze vriend Tyrannosaurus Rex dragen. Hij mag ze opeten. Want jullie lusten geen vlees, en het vergif in de botten kan hem niet schelen.

'Zout,' zucht vava.

'Ben ik het wéér vergeten...' Moemoe kruipt moeilijk recht. 'Aiai, godbetert, mijn memorie.' Ze puft, er staan zweetdruppeltjes op haar voorhoofd. Dat is haar vet dat smelt als het warm wordt. Straks spat het in haar soep. Ik leg de zakdoek stilletjes naast haar hand.

'Geen vieze neusdoeken op tafel, Maya (maar nee),' zegt ze. Het vet loopt langs haar wenkbrauwen over haar slapen. Ze begrijpt écht niets.

'Ja,' zegt vava. 'Start,' wil dat zeggen. Hij staat op om de konijnen te gaan voeren. Ik lepel snel mijn bord leeg. Ik mag mee.

Ik neem de emmer met droog brood en schillen van het koertje. Vava neemt de zak met stinkkorrels en de kan met water. We lopen naar de stal, achter in het tuintje.

'Staat er nu al wat haar op de kleintjes, vava? Ja? Nee? Zien ze er nog 't zelfde uit? Wanneer gaan hun ogen nu open?'

Ik blijf achter zijn rug staan. Als ze nog altijd bloot zijn, wil ik ze niet zien. Ze lijken in de verste verte nog niet op konijntjes. Meer op piepkleine mensjes. Ze zijn te vroeg uit de buik van hun moeder gehaald. Ze zijn nog niet rijp. Daarom bedekt hun moeder ze met plukken van haar eigen pels. Zo doet hun opgezwollen vel niet te veel pijn.

Vava legt er eentje in de palm van zijn hand en houdt het onder mijn neus. 'Kijk, ze zijn al gegroeid.' Ik knijp mijn ogen snel toe maar ik heb het toch gezien. Vies, vies! ''t Is een goeie moer.' Daarom wordt Minnie nooit opgegeten.

'Wel lief hé,' zeg ik, 'maar ook een beetje gruwelijk. Nee?'

'Gij trezebees!' Vava sluit zijn vingers over het roze lijfje. 'Steekt uw hand eens uit.' Hij houdt zijn vuist naar mij toe, omgekeerd. 'Hier,' hij lacht vanbinnen. Straks laat hij het vallen! Op de stenen!

'Ik ga Wendy eten geven.' Ik ren naar haar hok onderaan tegen de muur. Vava legt het beestje terug. Minni slaat met haar achterpoten – poef – op de grond.

Wendy zit treurig te kijken achter het kippegaas. Vrijdag moet ze sterven. Ze weet het. Zo'n muntig beestje, zegt vava, gelijk Fabiola. Omdat ze geen jongskes kan krijgen, moet ze dood. Vrijdag al. Vava geeft dan een harde snok aan haar rug en een klap in haar nek. Daarna hangt hij haar met één poot ondersteboven aan de haak van het stalletje. Ze kwispelt nog een beetje, doet een dansje rond de haak. Als vava met zijn mes het vel van haar lijf trekt, is ze niet meer te herkennen. Met hun vel binnenstebuiten lijken ze allemaal op elkaar. Ik steek Wendy tussen het gaas wat lekkers toe. 'Kom, Wendytje.'

'Ge zult uw werk hebben als ge ze allemaal een naam wilt geven,' lacht vava. 'Die grijze zit ook vol, me dunkt.' Hij pest graag kinderen, oude mensen zijn zo. Daar moet ge niet op letten.

'Wilt ge niet eten? Hebt ge verdriet? 'k Weet het wel, Wendytje,' fluister ik. Ze snuffelt wat aan het groen en eet met lange tanden. Ze is zenuwachtig. Die vreemde glans in haar ogen.

Vava vult de omgekeerde flessen met water en lacht stilletjes in zichzelf. Afluisteren en uitlachen, dat kan hij. Hij gelooft niet dat Wendy voelt dat ze moet sterven. Een beest is maar een beest, vindt hij.

Toch kàn een beest veel. Het spreekt wel geen Belgisch of mensentaal, maar het kan voelen dat er een orkaan gaat losbarsten. Waarom zou Wendy dan niet kunnen voelen dat ze moet sterven?

Ik krabbel met twee vingers op haar kopje. De kop smaakt het fijnst, zegt vava. Zondag zuigt hij haar kop leeg met puree en pruimen. Als nonkel André op bezoek komt, is er altijd konijn. Gelukkig komt hij niet dikwijls en ben ik dan bij mijn mama. Als ze mij de beentjes geven, maandag, voor de poes, zal ik ze begraven in de bloembakken op ons balkon. Trotsky krijgt nooit konijnebotten van mama. Die zijn veel te scherp en ze prikken gaatjes in zijn darmen. Vava en moemoe leren het nooit, ze zijn veel te oud. Al wat ze kunnen is kanker hebben. Altijd maar kanker. Tegen mekaar en tegen alles en iedereen, ook tegen mij en mama.

We wassen onze handen onder het kraantje op de koer. Dan gaan we naar binnen. Het eten staat op tafel. Naast vava's bord het gebraad, dat in plakjes gesneden moet worden. Dat is een belangrijk en moeilijk werk, het duur heel lang. Vava bekijkt het vlees aan alle kanten. Ttssstss.. begint het speeksel in zijn mond te zeggen. Hij zoekt en zoekt het enige juiste plekje om de lange vork in te prikken. Hij plaatst het mes. Voor hij snijdt, meet hij eerst twee, drie keer de juiste afstand tussen de plakjes. Ttsssstss... Moemoe kijkt toe hoe goed hij dat kan. Zij kan het nog altijd niet. Klakklak doet haar gebit. Ze zou elk schoon stukskse vermoorden, zegt ze, want het is een kunst.

Wit vlees komt van een varken, rood van een koe. Hoe meer vava erin snijdt, hoe meer het bloedt. Ik eet liever frikadelleballen of worst. Als vava halfweg is, stopt hij met snijden en sissen. 'De rest eten we morgen.'

'Als 't God belieft,' vult moemoe aan.

Als ik groot ben, word ik niet dik. Ik trouw niet. Ik word dinosaurusspecialist. Ik ga naar Amerika om met schoppen en beitels de grond om te spitten. Om geraamtes te zoeken. Een mevrouw in Amerika heeft een hele Tyrannosauruskop gevonden tijdens een picknick. Ineens stak daar een kaaksbeen uit de aarde. Ik zal ook altijd gaan picknicken in de bergen. Soms neem ik dan wel een vriend mee, om te tonen wat ik allemaal al gevonden heb.

Mijn mama heeft een nieuwe vriend. Vava en moemoe mogen dat niet weten. Ook van de vorige vriend mochten ze niks weten, omdat mama eerst moet trouwen. Moemoe probeert mij soms uit te horen. Wie komt er zoal op bezoek de laatste tijd? Zijt ge alleen met uw mama naar *Junglebook* geweest? Van wie hebt ge dat nu weer gekregen voor uw verjaardag? En wat zeggen ze daarvan op school, dat ge geen papa hebt, vraagt vava. Ik zeg dat ik dat allemaal godbetert vergeten ben.

Die nieuwe vriend vind ik maar stom. Hij spreekt mij aan alsof ik nog een baby ben. Omdat hij zelf geen kinderen heeft, waarschijnlijk. Zoudt gij dat zien zitten als ik nog een kindje zou krijgen, vroeg mama toen ze met die vorige vriend was. Ik heb er niets tégen, maar ook niets vóór. Als ze er met die nieuwe maar niet wéér over begint.

Mama krijgt cadeaus voor vaderdag én voor moederdag. Dat vindt ze leuk, ze is ook papa en mama tegelijk. Een aparte papa zou wel goed zijn voor het werk, denk ik. Dan kon mama thuis blijven en moest ik híer niet meer komen, of niet meer in de studie of de *Socio*.

Ik krijg geen snoepjes van moemoe, terwijl zij stiekem zelf snoept. Vava mag het niet zien. Moemoe laat voor hem het bad vollopen. Ze legt schoon ondergoed klaar en een versgestreken hemd, als voor een klein kind. Als alles gereed is, gaat vava naar boven.

Hij is de trap nog niet op of ze haast zich naar de kast met de karamellendoos. Ze moet het omzichtig doen, want in de kamer mag niemand lopen: dan gaat de lucht bewegen, en dan bewegen de postzegels op de tafel ook en wordt vava kwaad. Moemoe sluipt op haar tenen. Ze lijkt op een pad. Voorzichtig, traagjes opent ze de deur van de glazenkast om geen zuchtje wind te maken. 'Eéntje, want 't is toch zo slecht voor de tandjes,' fluistert ze en ze houdt mij de doos voor. Zelf propt ze een handvol in de zak van haar schort. Zij heeft godbetert geen tanden meer.

Ze zet de televisie aan. We kijken naar Samson. Moemoe gelooft dat Samson een échte hond is. Alberto doet weer onnozel, daar lachen we mee. Ondertussen smakt moemoe haar schortzak leeg. ''t Is een schoon program, hé Maya (maar nee)?' herhaalt ze een paar keer, dan hoor ik het geritsel van het papiertje niet, denkt ze. Ze zit weer met een dikke kaak. Haar tanden klepperen. Met haar vinger peuter ze de snoep los. Ik doe maar of ik dat niet merk. Bij een lange tekenfilm valt ze soms in slaap met haar hoofd achterover. Dan verslikt ze zich en schiet ze wakker.

Vava komt fluitend naar beneden. Eerst bestudeert hij zijn tafel, of alles nog op dezelfde plaats ligt. Hij blijft fluiten. Wij horen bijna niet meer wat er op televisie gezegd wordt. Vava kijkt naar het scherm. Hij lacht al vanbinnen. Met een verschrikte blik houdt moemoe haar karamelleadem in. Vava neemt de afstandsbediening, gaat op zijn stoel zitten en verandert de zender, zomaar. Dat doet hij altijd. Vanuit zijn ooghoeken loert hij naar moemoe, met zijn serieus gezicht.

'Maar ventje toch... 't was juist zo schoon...' pruttelt moemoe wat tegen.

''t Is tijd voor de koffie.' Hij zapt naar Eurosport.

Moemoe kruipt krochend recht. 'Aiai, ben ik dat weeral vergeten?'

'En blijfduituweneus gij!' Vava kijkt naar een postzegel, houdt hem tegen het licht.

Ik wou dat ik een vieze snottebel had om ze onder zijn neus te smeren.

Prei, selder en andijvie, daar moet ik altijd twee scheppen van eten. Van appelmoes, rode kool en prinsessenboontjes krijg ik maar één schepje.

'Geeft de kleine nog wat meer van die gezonde groenten.' Vava lacht alweer.

"'t Is maar een klein verstervingske, Maya (maar nee), het sterkt uw karakter.' Moemoe legt nog een tweede struik witloof op mijn bord. Witloof vind ik juist wél lekker, dat is een geheim.

'Bitter in de mond maakt het hart gezond,' zegt vava.

De Triceratops is de sterkste dinosaurus. Zelfs een Tyrannosaurus zou er niet aan denken hem aan te vallen. Behalve misschien een uitgehongerde Tyrannosaurus. Die moet wel opletten, want met een ferme stoot van zijn horens kan de Triceratops de tiran helemaal openscheuren. Zijn buik is erg weck.

'Citroen,' zucht vava. Moemoe kruipt moeilijk recht.

'Aiai, moemoe is 't weer vergeten,' zeg ik in haar plaats.

'Eten gij,' zegt vava tegen mijn bord.

Moemoe snijdt een citroen doormidden. Ze houdt hem met haar beide handen boven vava's bord om er het sap uit te knijpen. Vava rukt de citroen uit haar handen en begint er met zijn vork de pitjes uit te pulken. Dat is een heel belangrijk en moeilijk werk. Hij rangschikt de pitjes tegen de rand van zijn bord, druppelt het sap precies in het midden over ieder witloofstruikje. Tssstss... zegt zijn speeksel ondertussen.

Ik kijk naar zijn serieus gezicht. Plotseling krijg ik een stout idee. Ik prop mijn mond zo vol mogelijk. Eén, twee, drie start!

Ik spring op. Zo hard ik kan, spuw ik het eten uit over tafel, recht in zijn bord. 'Beikes!' roep ik luid en ik buig mijn kop bijna tot tegen de vloer. Ik hoest tot het pijn doet in mijn keel.

'Ga buiten overgeven!' krijst moemoe. Ze rukt de achterdeur open en duwt mij het koertje op.

'Miljaardemiljaar!' brult vava. Anders roept hij nooit.

Ik weet niet waarom vava nu plots met mij naar de kermis wil. Als hij gras voor de konijnen gaat snijden, mag ik nooit mee. Ik heb geen zin, ik ga zondag toch met mama. Straks denken ze nog dat hij mijn papa is. Ik geef hem geen hand. Overal blijft hij lang staan kijken. Hij heeft nog nooit een kermis gezien, zeker?

'Gaan we nu verder?'

Hij antwoordt niet. Hij neemt de tijd van een rondrit op met de secondewijzer van zijn polshorloge. 'Nog geen minuut twintig, en daar durven ze veertig frank voor vragen! In mijn tijd kreegt ge vier kaartjes voor één frank, en elke rit duurde minstens vijf minuten. Negen keer op de tien trok ik de kwispel eraf.'

Ik ga een beetje achter hem staan en probeer niet op hem te letten. Zo kan niemand zien dat we bij elkaar horen.

''t Is diefelijk gestolen. Eén grote geldklopperij.'

'De smoutebollen zijn verbrand. Ze hebben te lang in oververhit vet gelegen.'

'Soft ijs moogt ge nooit eten, met al die salmonella. Blijfduituweneus!'

'Er is ooit zo'n vliegtuigje van de molen afgeknapt en neergestort, kilometers verder. Alle inzittenden dood. Allemaal kinderen tussen vijf en tien jaar.'

Dat kan niet. Hij liegt.

'Waar wilt ge nu eens op?'

'Wablief?' Ik doe alsof hij een vreemde meneer is.

'Wilt ge niet eens ergens op of in?'

'Och nee.' Nooit iets van vreemden aannemen, zeggen mama en moemoe. Eigenlijk wil ik graag eendjes vissen.

'Allez, 't zal een profijtige uitstap zijn, zo te zien.'

'Gaan we eens naar 't viskraam kijken?'

'Vissen? Haha... da's iets voor kleuters! Nee, ik heb een idee.'

Vava loopt met mij naar de botsauto's. Maar daar mag ik niet in, het gaat véél te hard! Dat is voor grote kinderen! Ik wil niet!

'Dat is voor mij verboden, vava. Van de polities ook!'

'Niet onder begeleiding,' zegt hij met zijn serieus gezicht. Hij koopt twee kaartjes.

De lange antennes van de autootjes kletteren tegen het ijzeren plafond en flitsen zoals de oorlog op televisie. Het lawaai van de muziek stampt door mijn buik. Héél gevaarlijk! De zoemer gaat. De auto's staan stil.

'Vava! 't Duurt toch maar één minuutje of zo...' Hij luistert niet.

'Ik zal die punkers hier eens iets laten zien,' grijnst hij. Hij pakt mijn arm en trekt mij mee naar een vrijgekomen autootje.

'Nee vava! Nee!'

'Allez, broekschijter.' Hij duwt mij kwaad naast

zich neer. 'Ge moet voor één keer uit uw neus blijven en u met uw twee handen goed vasthouden. De rest doe ik.'

Mama zal heel kwaad zijn.

Alle auto's komen tegelijk in beweging. Het zijn er veel te veel en er is veel te weinig plaats. Vava laat ons autootje als een dolgedraaide tol rondsuizen. Hij kan het niet. De grote jongens lachen hem uit. Mij lachen ze ook uit, ze denken dat hij mijn papa is. En ik wip altijd omhoog. Ze komen allemaal op ons afgestormd, knallen opzettelijk tegen ons op zo hard ze kunnen. Mijn buik en mijn rug doen pijn. Vava vloekt. 'Bende nozems! Straatlopers! Leeggangers!' Maar hij kan zich niet weren. Iedere keer weer krijgen wij een stomp. Van achteren, opzij, van voren. Ons autootje komt niet meer vooruit, ik word heen en weer geslagen. Vava houdt mij tegen met zijn lange arm voor mijn borst, anders ben ik morsdood. Dat is dan zijn domme fout! Daar zal mama niet mee kunnen lachen!

Mama!

De zoemer gaat net op het nippertje.

'Voilà,' zegt vava. Hij gebaart alsof hij het leuk vond. Ik voel dat ik een beetje in mijn broek heb geplast van al dat schokken. Hij krijgt zijn stijve benen bijna niet van achter het stuur. 'Ziet ge nu wel dat er niets aan is, trezebees!' Hij spreekt zo luid dat alleman het kan horen. Met zijn serieus gezicht en zijn weggestoken lachje.

Iedereen kijkt naar mijn tranen.

'Omdat gij er niets van kunt!' zeg ik kwaad.

'Hahahaha,' lacht hij tegen de mensen, 'wat een flauw meiske!'

Maar hij zal niet blijven lachen.

Op de huisgevel van vava en moemoe is tussen de voordeur en het venster een groot wit vierkant geschilderd. Net een grote postzegel. Dat vierkant was daar altijd al. Het zonnetje schijnt erop, en daarvan is het verkleurd, doorschijnend geworden. Nu zie ik dat er iets onder zit. Dikke zwarte strepen. Daar heb ik vroeger nooit op gelet. Het lijkt wel een soort kruis van God.

'Moemoe, wat zit er onder die postzegel?'

'Onder wélke postzegel?'

'Die grote op de buitenmuur, naast de voordeur. Dat wit vierkant.'

'Niks! Niks, Maya (maar nee).'

'Een zwart kruis van God, zeker?'

'Dat hebben de stoute mensen gedaan, na de oorlog. En zwijgt erover, want vava zal gaan komen.'

'De boeven? Hebben die dat kruis van God kapot gedaan?'

'Vava heeft dat zelf overschilderd, lang geleden. En dat is geen kruis van God. Zwijgt er nu maar over, ge zijt daar nog veel te klein voor, om dat te begrijpen.'

'Heeft vava die boeven in de gevangenis laten steken?'

Moemoes gezicht is helemaal wit geworden. Ze heeft nòg schrik van die boeven!

'Heeft vava ze misschien laten ontsnappen?'

Moemoe antwoordt niet. Ze grijpt met haar twee handen naar de leuning van haar stoel. 'Maya (maar nee), ge moet mij beloven dat ge daar nooit, *nooit* iets over zegt tegen vava,' krocht ze moeilijk. Straks begint ze nog te schreien. Ze gaat zitten. Ploef. Ze is niet erg flink. 'En ook aan mij moogt ge daar nooit iets over vragen. Hebt ge 't verstaan? Nooit. Dat is heel slecht voor mijn hart.'

'Ja, moemoe.'

Ik denk dat die boeven nog altijd rondlopen. Ik zal het aan mama zeggen. Wij kunnen ze gaan vangen, als ze eens tijd heeft.

'Ik ben zo blij! Zoooo blij voor u, Wendytje.' Het deurtje van haar hok staat open, zo kan ik haar beter strelen. 'Ge moet niet sterven, Wendytje! Hij is zélf dood. Echt waar. Voelt ge 't niet? Ge zijt er van af. Gered. Op het nippertje.'

Vava was te laat. Hij is nooit te laat. Ik mocht mijn soep al opdrinken. Ze hebben getelefoneerd en er is iemand aan de deur geweest. Met zijn grote boodschappentas. Die lag op de bus. Er zat geen gras is, alleen zijn sikkel en zijn pillendoosje. Dat pilleke voor zijn hart steekt er nog in, huilt moemoe nu de hele tijd, met zijn doosje in haar hand. Ze hebben vava naar het ziekenhuis gebracht. Maar ze hebben hem daar niet weer levend gekregen. Wat deed hij in godsnaam op de bus? Hij ging konijneëten trekken! Daar kon die meneer niet op antwoorden.

'Ze is niet blij dat hij dood is. Stom, hé? We kunnen nu toch altijd naar Samson kijken en zo? En vanaf nu peuter ik in mijn neus zoveel ik wil!'

Lutje leert

'Gaat ge straks mee naar de Patat?' fluistert Anita, terwijl ze met haar vulpen zachtjes tussen Lutgards schouderbladen port. 'Alleen, zonder de rest...'

Ja! knikt Lutgard overtuigd naar het grote schoolbord voor haar. Ze gaat gespannen door met noteren. Maar alleen eens kijken en niet te lang, denkt ze, anders moet ik weer van alles uitvinden voor thuis. Kent ge die Bon Marché daar nu nóg niet van buiten! Ze moet geregeld bewijzen voorleggen, zoals dat onnozel ringetje. Nee mama, 't komt niet van één of andere kwistenbiebel, 't komt uit de Bon Marché, gekocht met mijn zondag. Lutgard kon aan het gezicht van haar moeder zien of die iets al dan niet geloofde. Toch kwam het echt niet van een jongen: ze kreeg alleen cadeautjes van haar vriendinnen. Na lang wikken en wegen had ze het ten slotte gepikt. Later was het beginnen knagen, dat ringetje, en ze had het met een scheve nek teruggelegd in de bijouterie van het warenhuis, op gevaar af betrapt worden. Toen ze haar bibberende hand terugtrok, stootte ze tegen het klingelende glazen randje. De kohlzwarte ogen van de verkoopster keken recht in de hare: onrecht herstellen bleek nog beangstigender dan het begaan.

Na de les staan ze samen voor de spiegel in het toilet van de Bon Marché: vijf giechelende meisjes. Eens kijken hoe mooi ze nog zijn en hun haar kammen en het zwarte streepje onder hun ogen eens over trekken.

'Ik heb parfum. Echte,' zegt Anita. Ze steekt de meisjes een klein witglazen flesje met engeltjes erop onder de neus. 'Eerlijk gekocht al mijn nieuwjaarsgeld zit erin.' Voorzichtig schroeft ze het gouden dopje los. 'Daar gebruikt ge maar één druppelke van, bij speciale gelegenheden.' Profijtig tipt ze achter haar oren. Dan streelt ze met haar exotisch geurende vinger glimlachend over Lutgards wang en laat ze de anderen, plechtig en om beurt, aan haar wijsvinger ruiken.

'Waaw...'

'Afspraak aan de pasfoto's,' zegt ze, en haakt haar arm in die van Lutgard, 'wij moeten eens naar het speelgoed.'

Samen lopen ze het warenhuis uit, de winkelstraat door.

Nog geen half een 's middags. In de Patatbar is de rook te snijden. Wie niet staat te drummen op de dansvloer, ligt in de versleten pluchen zetels te wriemelen of reikhalzend rond te kijken.

'Allemaal schoolkinderen gelijk wij...' constateert Lutgard een beetje teleurgesteld. Vooral de brave plooirokjes van de Dames de Marie blijken goed vertegenwoordigd in wat ze thuis 'den onderwereld' noemen. 'Den onderwereld met zijn drugs en hoerenkoten, gelijk de Patatbar en konsoorten. Ze maken er reclame met grote affiches aan de muur voor Marie Wanna!' 'Voor wàt, mama?' ''t Is mij al eender hoe ge ze noemt... dat schurftig vrouwmens!'

Anita peutert voor Lutgard ook een king-size sigaret uit een verkreukeld pakje, betaalt haar een Cola en wringt zich daarna met haar kriekenbier en haar boekentas door de menigte, uit het gezicht.

'Hebt ge misschien een rendez-vous, Anita?' roept Lutgard haar enigszins verweesd achterna. Door de muziek hoort ze zichzelf niet eens.

Een lange donkere jongen heeft Lutgard in de gaten. Hij glimlacht en knipoogt. Lutgard glimlacht verlegen terug. Onmiddellijk werkt hij zich tussen de tooghangers door naar haar toe en hij vraagt of ze met hem wil dansen. Hij heet Alain. Nee Sylvain. Of Lucien. Ze durft het hem niet nóg eens te vragen. Zo vlakbij is hij nog mooier dan van op afstand. Misschien wel de mooiste van allemaal.

Hij houdt haar op de dansvloer dicht tegen zich aan, dichter dan Anita het met haar inoefende. Zonder haar passen te tellen wiegt ze zoetjes in zijn armen. *The purpose of a man is to love a woman, and the purpose of a woman is to love a man...* Bijna onmerkbaar kust hij haar voorzichtig in haar nek. Dan nog eens. En nog eens. 'Och, Sylvain... of Lucien...'

Over zijn schouder ziet ze plots Anita weggezakt in een zetel liggen, met een jongen. Zijn hand gaat op en neer onder haar trui. Lutgard zou zweren dat hij haar vriendin niet kust, maar zijn tong in haar mond steekt! 't Is wat te ver om het met zekerheid te zeggen. Nu slaat Anita allebei haar armen rond zijn nek en lacht naar hem. Hij is nochtans maar een lelijkaard. Aangemoedigd door die glimlach steekt hij zijn andere hand ook onder haar trui. Ze laat hem zomaar aan haar borsten komen en haar pullover uitrekken terwijl ze toch geen hoer is, Anita! Als oudste dochter van een bieruitzetter weet ze van de wereld en ze heeft tóch altijd een goed rapport. Beter dan het mijne, denkt Lutgard verwonderd. En ze gaat verder studeren, ze mag naar de universiteit van haar vader.

Anita kijkt even op en zwaait vrolijk naar haar starende vriendin, alsof er niets aan de hand is. Lutgard kijkt rap weg.

Alain (of Lucien) vraagt of ze niet bij hem komt zitten.

'Er is nog plaats naast mijn maat en zijn lief,' wijst hij, richting Anita met uitgerokken trui.

'Sylvain! Slome! Zoudt ge mij niet presenteren?' lacht de lelijkaard, een vrijgemaakte hand naar Lutgard uitstekend. 'Willy. Wilde Willy voor de meiskes.' Zijn hand is warm en kleeft.

'Da's toch Lutje,' giechelt Anita, 'ik heb ze zelf meegebracht!'

Ze installeren zich. Lutgard zit bijna rug aan rug met Anita, die verder geen notie meer van haar neemt.

'Wij zitten óók in dezelfde klas,' zegt Sylvain, terwijl hij als vanzelfsprekend zijn arm rond haar slaat.

Ze zwijgen. Waarom zegt hij niets meer? Wat

moet ik nu zeggen? denkt Lutgard. Achter haar rug worden de activiteiten inmiddels hervat.

'Bij ons zit er een echte meiskeszot van een leraar, die van fysica,' probeert Lutgard hem onwennig op andere gedachten te brengen. Hij blijft haar maar aankijken. Alsof hij haar, onverstoorbaar glimlachend, met zijn ogen wil opeten.

'Die... die komt altijd heel stilletjes tot vlak achter ons staan, die van fysica, hé, tot... tot tégen ons...'

Sylvain, glimlachend, schuift zijn vrije hand de hoogte in, naar haar borst toe, en tast daar, zo zachtjes... Och, ge kunt het evengoed niet voelen, denkt Lutgard.

'En dan... dan komt hij zo over uw schouder hangen, hé, om uw werk zogezegd te corrigeren...'

Nu glijdt zijn hand weer naar beneden. Ze duikt onder haar jasje, onder haar hemdje. Ik kan hem tegenhouden, of hem wegduwen, of rechtspringen... Soepel trekt hij de elastieken band van haar beha over haar ene borst.

'En bij alle meiskes is 't van 't zelfde, hé...' aarzelt ze, terwijl die grote warme hand haar pakt. Lutgard nijpt haar ogen stijf dicht. Nu heeft hij ze toch heel duidelijk vast, geloof ik... Verward ziet ze zichzelf zitten, met gesloten ogen, zwellende borst en tintelende tepel, bijna rug aan rug met haar spiegelbeeld Anita, als een schouwgarnituur.

Sylvain steekt iets in haar mond: het is een harde tong. Ziet ge wel dat ik 't goed gezien heb, daarjuist, zegt ze tegen zichzelf. Rusteloos gaat hij in haar mond tekeer alsof hij er iets verloren is. Lutgard opent haar ogen. Hij heeft nu de zijne gesloten en het lijkt alsof hij aan iets treurigs denkt, terwijl haar borst in zijn hand opspringt. Dat lauw speeksel, dat slikt ge toch niet in, zeker? Hoewel, ik kan hier toch moeilijk tussendoor als een bouwvakker op de vloer spuwen, denkt ze nog, en dan lost ze langzaam maar onherroepelijk op in zijn omhelzing.

Zuchtend en kreunend stoot Anita Lutgard met aandrang in de rug. Ze trekt resoluut haar jas aan – de lelijkaard laat zelfs nu haar borsten niet los – en veegt met de rug van haar hand over haar mond.

'Ik dacht dat ge niet lang bleeft?' lacht ze met bloedrode lippen naar Lutgard terwijl ze langzaam haar jas helemaal dichtknoopt, alsof Willy er niet meer onder zat.

'Ik ga mee... Ik moest al lang thuis zijn. Tot... tot ziens...' fluistert Lutgard met glazige ogen.

Buiten trekt ze zo onopvallend mogelijk de verfrommelde cup weer over haar vrije borst – dit modelletje zal wel nooit meer goed zitten – terwijl ze naar de fietsen lopen, die voor de Bon Marché in de rekken staan.

'Ik kom er graag,' zegt Anita. 'Willy staat mij aan, en ze hebben er goeie kriek, zonder chemiek.' Het klinkt deskundig. 'En gij? Zijt ge content van de uwe? Kan hij een beetje vrijen, Sylvain?'

'Dat gaat wel. Hij heeft zulke schone blauwe ogen...' zucht Lutgard.

''k Dacht dat ge ze toe hadt, uw ogen, terwijl hij bezig was!' lacht Anita schaamteloos. 'Zeg, zoudt gij u overal laten doen?'

'...'

'Ook vanonderen, wil ik zeggen?' Anita trekt een streng gezicht, alsof de vraag van Lutgard komt. 'Hé?'

'Ik... ik ken hem nog maar juist.'

'En als ge hem nu al lang kende?'

''k Weet niet...'

'Ge hebt toch geen schrik, zeker?' lacht Anita uitdagend.

'Schrik? Bah nee, gij.' Lutgard duwt onnodig hard op de trappers.

'Ge hebt het toch al eens gedaan, hé?'

Lutgard schaamt zich dood en weet niet waarom. Ze probeert slim te lachen.

Maar Anita laat niet af: 'Wat vindt gij nu 't plezantst van al?'

''k Weet niet...'

'Ge weet precies nog niet veel, hé?' grijnst Anita.

'Dat hangt er allemaal van af, wil ik zeggen...'

Zwijgend fietsen ze naast elkaar. Anita kijkt misnoegd voor zich uit.

'Ja toch?' mompelt Lutgard verontschuldigend.

''t Zou er nog maar aan mankeren dat ge u door de eerste de beste laat vogelen!' vliegt Anita ineens nijdig uit.

'Neenee! Dat zeg ik niet!' Lutgard kijkt verschrikt.

'Er is toch genoeg te doen dat geen kwaad kan,' zegt Anita, rustiger nu maar langzaam en nadrukkelijk, als tegen een onwillig kind, 'gelijk vingeren, of aan uw dingen laten likken, minetten of swassantneuffen of zo...'

'Vaneigen,' hoort Lutgard zichzelf luidruchtig slikken.

'Héwel, en wat vindt gij nu 't plezantste?'

'Dat hangt er allemaal van af...'

'Jaja! Hoe lang ge ze kent, zeker, en hoe groen ge nog zijt achter uw oren!' giert Anita het openlijk uit. 'Haha! Vergeet uw algebra niet voor morgen. En droomt gij maar schoon van uw Sylvainke zijn blauwe ogen!' Zonder blik achterom slaat ze in volle vaart de zijstraat naar huis in, met wild wapperende haren.

Algebra... Wat is dat nu? Ge doet zo venijnig tegen mij... Ge kunt mij precies niet meer verdragen, denkt Lutgard. Ze moet er bijna van schreien, en van de wind in haar gezicht, en van het gezwollen gevoel in haar borst.

Lutgard is zich nooit zo vreemd bewust geweest van die ene borst. Het jeukt en het kriebelt, het gloeit en het groeit compleet buiten proportie, daar rechts naast haar hart. Alsof zij nog slechts uit rechterborst bestaat. Zou Anita nu 't zelfde gewaarworden aan haar twee borsten? En wanneer gaat dat over? Of wordt ge 't gewoon? En wilt g'altijd méér... zodat ge op den duur aan niets anders kunt denken?

Ge kunt niet met zulke dingen (seks, jongens, trouwen) in uw kop lopen én ondertussen studeren. Dan gaat ge maar travakken, volgend jaar. Ge denkt toch niet dat ik u tot het eind van mijn dagen ga blijven onderhouden! Aldus is Lutgard meermaals gewaarschuwd door haar ouders.

Thuis vraagt haar moeder waar ze nu weer zo lang gezeten heeft.

'Boules de Berlin gaan kopen in de Bon Marché,' liegt Lutgard zonder veel overtuiging.

'En ik moet dat weeral slikken!' zucht haar moeder. Ze kijkt verdacht naar Lutgards rechterborst.

'Anita was erbij...'

'Dat moet gedaan zijn met langs de straten te dweilen!'

'Ja, mama.'

Anita mag voortstuderen, denkt Lutgard, naar de universiteit, op kot en al!

Geeft mij ondertussen maar een gast van de vakschool, zegt ze altijd, die heeft tenminste poten aan zijn lijf.

Hij heet Sylvain en hij is heel knap. Dat weet Lutgard over hem. En dat hij bij Willy in de klas zit, op de vakschool waarschijnlijk. Hij heeft haar een tongkus gegeven en een half uur lang haar rechterborst in zijn handen gehouden, met het bekende gevolg. Ze is verliefd op hem. En op geen ander. Ook als het overweldigende borstgevoel langzaam wegebt, kan ze, over haar algebraboek gebogen, slechts aan hèm denken.

Ik wou dat het al zaterdag was, zucht ze steeds opnieuw.

's Anderendaags staat Anita haar bij de straathoek vrolijk op te wachten. Ze heeft een knalrode kousenbroek aan en een smal mini-rokje, waardoor ze rechtstaand, van links naar rechts boterend, moet fietsen.

''t Spijt me van gisteren,' zegt ze lief en ze komt

naast haar vriendin rijden. Lutgard houdt haar adem in. ''k Had dat niet moeten zeggen, van dat groen achter uw oren.'

'Och dat.. dat is niets...' Lutgard kan niet goed liegen.

'Als ge daarover niet wilt spreken, is dat uw volste recht. We zijn alletwee groot genoeg. Ge moet niet, maar ge móógt mij altijd alles zeggen, écht waar. Als ge eens met muizenesten in uw gedachten rondloopt, zegt het mij dan gerust, in vertrouwen...' Het lijkt alsof Anita haar zélf iets wil zeggen. 'Er is niet veel meer waar een mens nog van verschiet, tegenwoordig,' voegt ze er raadselachtig aan toe. En dan zwijgt ze.

''k Weet het,' antwoordt Lutgard, maar ze weet het niet.

'Ge gaat toch weer mee, zaterdag, hé Lutje?' vraagt Anita uitnodigend.

'Ja, natuurlijk!'

'Dan gaan we naar het park, als 't niet regent. Sylvain mag mijn velo gebruiken, dan zit ik vanachter op Willy zijn motor.'

'Ha ja?'

'Nee zeker, want de Patat is precies een nonnekespapschool geworden. Vindt Willy. Héél de Dames zit er te geilogen, g'hebt het toch zelf gezien? Vandaag of morgen stuiken de surveillanten er binnen, of de flikken, en ik heb niet graag een proces aan mijn been. Gij misschien wel?'

We blijven dan toch bijeen, in het park, wil Lutgard nog vragen, maar ze is bang om te horen dat ze zich dan maar met de papkinderen moet laten betrappen, of met de seutekes naar de Bon Marché moet, zonder Sylvain ooit terug te zien.

Sylvain met de mooie blauwe ogen. Och, Sylvain...

'Hoe zit het met uw algebra, Lutje?'

''k Heb héél de tijd alleen maar aan hem gedacht,' lacht Lutgard, stilletjes blozend.

Na drie dagen van spanning, hunkering en ondraaglijke eenzaamheid is het eindelijk zaterdag geworden.

Om vijf voor twaalf gaat de schoolbel. Anita en Lutgard reppen zich naar het fietsenhok en voor de neus van hun verraste vriendinnen flitsen ze wég, de burgerlijke Bon Marché voorbij, op zoek naar passie en avontuur.

Anita heeft woensdag alles geregeld: afspraak aan de Patat, waar zij haar fiets aan Willy's maat leent, zodat zijzelf achter op de Yamaha kan om als eerste bij de ingang van het stadspark aan te komen.

Ze lachen tegelijk wanneer de meisjes precies op tijd in het straatje verschijnen: wilde Willy vooraan, slome Sylvain op de duozit.

Beiden houden met gestrekte benen de blitse motor in balans. Bij wijze van eresaluut draait Willy verrukt aan de gashendel, zodat de uitlaat in triomf gaat knallen. Aan het stuur schommelt een zwarte helm.

Sylvain stapt van de motor en loopt met gespreide, stijve benen naar Lutgard toe. Heeft ze hem in haar herinnering mooier gemaakt? Hij valt haar wat tegen, maar dat geeft ze zichzelf niet zomaar toe. Zijn ogen zijn grijs, mooi grijs, dat wel, maar niet blauw, dat was een vergissing.

'Dag, chou,' zegt hij en hij stoot, nog voor ze iets kan zeggen, zijn tong in haar mond. Ze had niet verwacht dat het voortaan zo hoorde.

'We zien elkaar aan de hoofdingang!' gilt Anita boven het geraas van de motor uit. Ze heeft haar armen rond Willy's middel geslagen. 'Legt mijn velo vast aan de uwe!'

'So long!' schreeuwt Willy en hij zigzagt met Anita de hoek om. Haar minirok zit als een band rond haar heupen.

Was dat wel zo'n goed idee om naar het park te gaan? vraagt Lutgard zich af, terwijl Sylvain op Anita's fiets zonder reden – het stuur en het zadel staan potsierlijk laag – naar haar zit te lachen. Hij mist een tand, links boven, een cruciale hoektand. Dat ze dat woensdag niet heeft gezien!

''k Heb heel de tijd aan u gedacht, chouke,' zegt hij, 'precies of 't werd maar geen zaterdag.' Hij duwt haar vooruit met zijn hand op haar billen, terwijl dat voor niets nodig is, want 't is niet bergop en er staat geen tegenwind.

De Yamaha ligt aan de ketting, maar Anita en Willy zijn nergens te zien. Lutgard legt de fietsen vast.

'Die twee zijn natuurlijk al lang vertrokken,' glimlacht hij.

'Waar naartoe?'

'Gaan wandelen in dat dichtgegroeid stuk. Misschien al bezig met vogelen... te bestuderen,' grapt hij. 'Kom, chou!' Hij steekt zijn hand naar haar uit.

'Neen. Ik blijf hier wachten. 't Is zo afgesproken met Anita.'

'Maar we komen ze ginder wel tegen!'

'Aan de ingang, heeft ze gezegd...'

'Ge gaat hier toch niet blijven staan koekeloeren, zeker?'

'Toch wel.'

Lutgard gaat, de armen voor haar borst gekruist, naast de fietsen tegen het lage muurtje leunen. Overdreven geïnteresseerd bekijkt ze enkele moeders die met hun kinderen naar het speelhoekje even verderop lopen. Sylvain staart nors voor zich uit.

'Ge moet naar mij niet zien. Ga maar alleen.'

Lutgard observeert nu de glijbaan – een kleurrijke olifant met een metalen slurf – alsof ze zich buitengewoon goed amuseert.

'Jeezes... vrouwen!' hoort ze hem mummelen.

Hij wacht nog even op een reactie, draait zich dan bruusk om en loopt in de richting van het dichte groen.

Tot aan de hoofdingang. Legt mijn velo maar vast aan die van u. Dat had Anita gecommandeerd, terwijl ze toch goed wist dat zij hier met die brommer eerder zou zijn, denkt Lutgard bokkig. Waarom sta ik hier eigenlijk te wachten? 'k Zal het weeral mogen uitleggen, thuis! Nee, mama, 'k heb heel de tijd op Anita haar velo gepast, terwijl zij aan 't minetten was en al die andere plezierige dingen deed die geen kwaad kunnen. Met wilde Willy, en met een zekere Sylvain misschien ook... want ge moet tegenwoordig van niets meer verschieten!

't Is proper geregeld, denkt Lutgard. Ze voelt hoe ze van langsom kwader wordt. En als ik wegrij en ze pikken haar velo, dan heb ik het nog gedaan ook!

Net als ze op het punt staat naar huis te gaan, ziet ze wilde Willy met zijn integraal op zijn hoofd uit het bosje komen. Ze schrikt van hem. Het is de manier waarop hij loopt. Hij kapt bijna militair met zijn hakken en houdt zijn gezicht naar de grond gekeerd. Anita is niet bij hem, Sylvain ook niet.

Er moet iets gebeurd zijn! Lutgards hart begint vervaarlijk te bonzen. Alsof zijn gezicht een grote, glanzende, zwarte bol is – ze kan geen glimp van zijn ogen zien – stapt hij dreigend op haar toe. De anderen zijn er nog altijd niet. Wat is er gebeurd?

'Willy?'

Hij stopt bij de Yamaha, klimt erop, start en schiet vooruit, zonder één keer naar de weg vóór hem te kijken.

'Willy!' roept ze hem na.

Misschien was hij het niet, maar iemand anders die zijn helm op had en rap wegreed met Willy's brommer!

'Willy! Anita!' roept ze in paniek.

Niemand reageert. De moeders kijken niet op van hun spelende kinderen.

'A-ni-ta!' roept ze nog eens, zo hard ze kan.

Een meisje boven op het trapje van de glijbaan

aapt haar na – 'A-ni-ta!' – met haar handen als een trechter voor haar mond.

Dan ziet ze Anita. Ze zwalpt over het aarden weggetje van links naar rechts. Het lijkt wel of ze zingt, of lacht. Met haar mond wijd opengesperd loopt ze daar te doen alsof ze strontzat is. De flauwe plezante! Van Sylvain geen spoor...

'Ik ga naar huis!' roept Lutgard kwaad terwijl ze de fietsen losmaakt. Ze vloekt in haar binnenste.

Anita is zigzaggend dichterbij gekomen. Haar gezicht staat helemaal open: uitpuilende oogbollen en een opengespalkte mond. Ze zit onder de vuile vegen.

'Zijt ge gevallen?'

Zonder één woord blijf Anita haar aanstaren, alsof zij het is die verbaasd naar Lutgard kijkt.

'Wat is er gebeurd?'

Er komen moeizaam kokhalzende geluiden uit Anita's verbijsterde gezicht. Haar mondhoeken bloeden; ze zijn gescheurd.

'Kunt ge niet meer spreken?'

Anita, de afschrikwekkende uitdrukking op haar gelaat gebeiteld, begint verwoed met haar hoofd te schudden. 'Euch... ei... ei... eu...' klinkt het pathetisch uit haar verwrongen mond.

Vliegensvlug geeft Lutgard haar vriendin een goedgerichte vuistslag tegen haar kinnebak; ze hoort het kaaksbeen kraken. Zo heeft ze 't ooit in de wachtkamer van de dokter horen vertellen. Anita valt bijna omver, zo hard komt het aan. Maar haar mond is dicht! Ogenblikkelijk begint ze luid jammerend te schreien.

'Wat hebben ze met u gedaan, Anita?'

Ze stopt niet met huilen, begint jachtig tastend op haar lijf naar een zakdoek te zoeken, vindt niet wat ze nodig heeft.

'Mwijn... bwoekentwas...' fluistert ze smartelijk,' ik ben mijn boekentas kwijt...'

Mica

Het gebeurde tien jaar geleden toen ik, officieel werkloos, wat probeerde bij te verdienen door met enquêtes over voedingsmiddelen en onderhoudsprodukten van deur tot deur te gaan. Cruciaal punt was de huisvrouwen zo snel mogelijk gerust te stellen dat de mand waarmee ik rondzeulde, géén koopwaar bevatte, maar een persoonlijk geschenk – winkelwaarde om en bij de tweeduizend frank – van de deelnemende firma's, dat ik aan de meest gemotiveerde en best gedocumenteerde consument mocht overhandigen.

Gewoonlijk werd ik na enig aandringen bij de helft van de klanten, zij het meestal aarzelend, binnengelaten. Op regenachtige dagen echter stegen het wantrouwen en de angst voor vuile voeten op geboende tegels of kamerbreed tapijt, waardoor zeker acht op de tien gezinnen mij de toegang tot hun woning blokkeerden.

Ik was vijf maanden zwanger. Op een paar dagen tijd was dat plots, tot mijn verbazing, heel duidelijk zichtbaar geworden.

Na jaren van uitstel, twijfel, denken en nog eens overdenken, en na een vol jaar van verwoede pogingen met mijn toenmalige vaste vriend, op het moment dat ik mij bijna verzoend had met het idee kinderloos te zullen sterven, was het uiteindelijk gelukt. De vader, die al eens papa was en tot over zijn oren in de aanslepende misère van onderhoudsplicht en bezoekrecht zat, speelde nog even de Gekrenkte Mannelijke Trots, hoewel hij zich al stilzwijgend bij mijn besluit had neergelegd. Ik zou in mijn appartementje blijven wonen, het kind mijn naam geven en er altijd alléén voor zorgen. Zijn hulp was welkom, maar hij hoefde zich tot niets verplicht te voelen.

Op onbewaakte momenten zat ik soms, zonder zichtbare aanleiding, stilletjes te lachen. Na vijf maanden was die aanleiding ineens wél zichtbaar geworden, wat mijn vreugde nog verhoogde.

In die dagen 'onderzocht ik de markt', zoals dat heet, van de gemeenten rond de stad G., waar ik woonde. Er viel niet veel mee te verdienen, maar ik had energie voor twee en ik kon toch niet stilletjes blijven zitten lachen, lezen of breien.

Hoewel ik vaagweg enige solidariteit had verwacht, wekte mijn plots zichtbare buik niet méér vertrouwen onder de thuiswerkende vrouwen bij wie ik aanbelde.

Het was druilerig weer toen ik die middag, achter mijn buik aan, door de straten van O. flaneerde, meer met de fascinerende beelden van mijn kind op de echografie in mijn hoofd – waarschijnlijk een meisje, hoe dan ook geen scrotum, had de dokter op mijn aandringen gezegd – dan met straat- en familienamen. Ik zag opnieuw hoe duidelijk haar handjes, vingertjes en voetjes bewogen op het pompende ritme van haar hart én 't mijne.

Lukraak belde ik aan bij een sober rijhuis waarvan, zo te zien, jaren geleden de voorkamer omgebouwd was tot een inmiddels in onbruik geraakte garage. Nummer 38, donkerbruin geverfde voordeur, de bel een leeuwekopje met een rood knopje in de muil, geen naam.

Ik belde een tweede keer, iets aanhoudender, en zocht op mijn lijst wie hier, als het huis niet leeg stond, wel mocht wonen. Net toen ik weg wilde, hoorde ik sleffende voetstappen in de gang. Er werd aan de deur gemorreld. Het venstertje achter het traliewerk piepte open en er verscheen een gedeelte van een dik, bleek, vriendelijk hoofd achter het sierlijk gekrulde ijzer.

'Hier woont toch de familie Vermassen?' bedacht ik ter plekke, en ik vervolgde met de geijkte formulering: 'Namens het studiebureau van de overkoepelende vereniging voor verantwoorde consumptie mag ik u gelukwensen met het lot ter waarde van tweeduizend frank, dat u volledig gratis aangeboden wordt (mevrouw, meneer) in ruil voor enkele gemakkelijke antwoorden op al even gemakkelijke, zeer weinig tijd roverende vragen over...' Ik probeerde de leeftijd van de vrouw, het kind – misschien was het een achterlijk jongetje? – te schatten.

'De Bruyker. Mijn baas is niet thuis,' sprak het witte hoofd met een lage, bijna zwoele stem. Oudere vrouwen noemen hun man wel meer 'baas'. Het moest een dame zijn. Ze was op haar tenen gaan staan. Ik zag haar donkerblonde snor en haar kleine, vlezige, roze gestifte lippen. Ze keek welwillend –

haar ogen twee spleetjes – door de tralies naar mijn dikke buik en bracht haar glimlachende mond weer voor het gat.

'Ik moet u óók feliciteren, zie ik,' zei ze. 'Wacht effekes.'

Ze verdween helemaal, sloot het raampje en opende de voordeur. Een hele poos vulde ze, innemend glimlachend, het deurgat in zijn volle breedte, alsof ze me rustig de tijd wou geven haar volledige gestalte in mij op te nemen.

Alles aan haar was dubbel, in omvang, aantal of proportie. Onder haar bovenarm bungelde aan slappe huid een tweede. Hetzelfde met borsten en buik. Onwaarschijnlijk dik, bleek ze koket in haar mouwloze katoenen jurk van gewaagd turkoois. Ze zag er fris-wit uit, als pasgebleekt zindelijk wasgoed. Haar grijsblonde haar, in de nek recht afgeknipt en strak achterover gekamd, blonk van de gel of de haarcrème. Ze had haar babygezicht zorgvuldig opgemaakt, de wenkbrauwen volledig geëpileerd en, zoals dat vroeger mode was, een fijn bruin potloodstreepje aangebracht ruim twee centimenter boven de eigenlijke inplanting, waardoor haar gezicht onder het mannelijk kapsel voortdurend een kinderlijke verbazing uitdrukte. De ontsierende snor, stugge stoppels die zich door de poederlaag heen boorden, was ongetwijfeld het gevolg van veelvuldig scheren.

Ik vond haar veeleer bizar dan lelijk.

'Komt erin, mijn kind,' en met een blik op de donkere wolken, 'want 't zal gaan strontregenen.' Ze nam enkele achterwaartse pasjes, om plaats te maken voor mij en de grote mand, en ging in profiel staan, zodat ze de voordeur kon sluiten. Zo wit als zij was, zo zwart was de gang. Ik veegde uitvoerig mijn voeten aan de kokosmat.

'Met zo'n weer van deur tot deur moeten leuren, in uw toestand...' jammerde ze melodieus. Ze kroop als een krab zijdelings langs me heen en slofte de lange gang door. 'Laat uw kabas maar staan en volgt mij.'

Aan de sombere muren hing in reliëf bedrukt, donker gebloemd behangpapier. Een klein art-decoluchtertje kleefde tegen het plafond en verlichtte alleen zichzelf. Halfweg de gang stond een zware donkerhouten kapstok met slechts één kledingstuk: een knalrood kinderjasje. Tegen de muur aan geschoven prijkte een splinternieuwe poppewagen. Daarin zat een te grote, blote roze plastic pop met haar stijve armen en afgekloven vingertjes uitgestrekt, roerloos, op een kanten spreitje voor zich uit te staren.

'Let niet op de nest hier. Een mens heeft nooit gedaan!' glimlachte ze over haar schouder en duwde de deur naar de woonkamer – of wat daarvoor moest doorgaan – open.

Toen schrok ik voor 't eerst. De vierkante ruimte, vier bij vier schatte ik, was tot aan het plafond volgestouwd met in plastic zakjes verpakt textiel. Een wankele, glooiende helling die gestut werd door een morsige tafel en links net genoeg ruimte overliet voor een zwarte kolenkachel en een simili-leren relaxfauteuil. Enkele over de zitting geslagen dekens duidden erop dat ze hier, voor ik aanbelde, had liggen rusten.

Een rechthoekig, gefumeerd glas in het lage plafond zorgde voor wat schraal gelig licht.

'Zet u, mijn kind.' Ze toverde een stoel van onder de tafel en nam een knisperend stapeltje textiel van de zitting. De verpakking was mica. 'Maatje tweeënvijftig,' mompelde ze. Ze schoof mij de stoel toe en legde de verpakte jurken – identiek dezelfde als de hare maar in verschillende kleuren: roze, geel, hemelsblauw – voorzichtig tegen de helling van de berg, waar ze ogenblikkelijk weer ritselend afgleden.

'Een potje goeie koffie zal ons deugd doen, zeker?' lachte ze vertrouwelijk, terwijl ze met haar ene voet – ze droeg lichte muiltjes met roze pompons – werktuigelijk de wegschuivende pakjes tegenhield. ''k Ging er mij toch juist zetten.' Ze verdween zijdelings in de smalle deuropening van wat de keuken moest zijn.

Op tafel, tussen vieze aangekoekte kopjes en glazen, lagen enkele beduimelde damesbladen. Fletse vrouwen met gepermanente haren en grote monden paradeerden in afgewassen kleren op de covers. Vlak voor mij stond een bord dat met een omgekeerd tweede bord toegedekt was.

'Mag ik een hoekje van de tafel vrijmaken, mevrouw De Bruyker? 't Is voor mijn papieren!' vroeg ik, alsof ik een dergelijke puinhoop heel gewoon vond.

'Moment!' riep ze.

Even later kwam ze terug met twee tot mijn opluchting propere kopjes, die ze wegens plaatsgebrek op de kachel zette. ''t Is géén weer, hé!' Met gracieuze bewegingen nam ze de afgedekte borden, lichtte met haar duim het bovenste bord op en gluurde eronder. 'Weeral zwart uitgeslagen, vaneigen,' glimlachte ze vertederd voor ze de borden naar de keuken droeg. 'Met kinderen hebt ge nooit gedaan! Dat zult ge zelf rap genoeg ondervinden!' riep ze vanuit het keukentje.

Er angstvallig voor zorgend de gladde bergwand nergens te raken, had ik mijn formulieren uit mijn tas gepeuterd.

'Voor wanneer is het?' vroeg ze kirrend terwijl ze de kopjes voor mij op het vrijgekomen plekje zette.

'We kunnen onmiddellijk beginnen, mevrouw,' zei ik. Ik hield aktentas en vragenlijst dan maar op mijn knieën in evenwicht. 'De hele enquête blijft anoniem. Naam en adres zijn alleen van belang voor de mand met inhoud ter waarde van tweeduizend frank die u aangeboden wordt door ons studiebureau. Persoonlijke gegevens worden derhalve niet op de vragenlijst vermeld...'

'De kleine, mijn kind, wanneer komt ze?' giechelde ze.

'Ha! Euh..., februari. Eind februari.'

'Een viske! Schoon! Zéér gevoelige mensen zijn dat. Artistiek aangelegd. Kathelijntje is maagd. Slimme, serieuze types, de maagdjes. Maar soms wel moeilijk. Zíj is in ieder geval een écht Pietje precies. Voor haar moet het allemaal juste zijn. Ge zijt anders al serieus zwaar, als 't maar voor eind februari is. En 't is goed te zien aan uw dracht dat 't een meiske is. Uw gezichtje staat ook een beetje getrokken. 'k Zal nog eens doorgieten.'

Het gemak, de vanzelfsprekendheid waarmee ze over mijn kind sprak, irriteerden mij als altijd wanneer ouderen hun betweterige bakerpraatjes rondstrooiden.

'Maar gij zijt een rammeke, hé!' riep ze vanuit de keuken. Ik hoorde haar gul water opschenken. Knal erop!

'Neen,' loog ik.

'Tiens...'

'Leeuw!' gooide ik er lukraak tegenaan.

''t Zal uw ascendant zijn die overheerst...'

Zo is 't gemakkelijk om altijd gelijk te krijgen, dacht ik, en terugkerend naar het doel van mijn bezoek vroeg ik: 'Welk merk koffie zet u op dit ogenblik, mevrouw?'

'Hihi... typisch! Typisch ram!' hoorde ik haar in stilte jodelen. 'Jacqmotte!' riep ze toen, alsof ze ernaar gokte.

Al zat hij niet in mijn pakket, haar Jacqmotte geurde heerlijk.

'Gebruikt u ook wel eens een of meer van de volgende merken: Fort, Douwe Egberts, Zwarte Kat, De Pelik...'

'Neenee! Alleen Jacqmotte. De mokka van Jacqmotte. Al alzeleven. Neemt gij melk en suiker?'

'Liever zwart,' zei ik tegen mijn gewoonte in, en las verder: 'Waaraan moet lekkere koffie volgens u voldoen?'

'Hier zie, ons Kathelijne.'

Ze was naast me komen staan en hield mij een klein zilverkleurig lijstje voor met het portret van een schattig blond meisje. De warrige, vrolijke krulletjes waren bovenop haar kruin tot een dikke, gladde rollade gedraaid die naar haar voorhoofdje overhelde. Een ouderwets kiekje van een vetkuif avant-la-lettre.

'Ze is nog geen drie, hier op de foto.'

Voor ik het lijstje kon aanraken, draaide ze zich om en keek ze naar de klok op de schoorsteen. 'Chance dat ge mij wakker gebeld hebt! 't Is al bijkans drie uur.'

Het kon zo laat nog niet zijn, maar ik had weer eens geen horloge bij me.

'Tegen halfvier komt ze thuis van school. Gewoonlijk ga ik haar afhalen, te voet. Maar vandaag mag ze met de papa mee. Ze zit toch zo graag in de auto.'

Ze haastte zich met het portret naar de keuken en kwam terug met de koffie. De klok sloeg drie uur, drie keiharde slagen. Bijna gleed ze uit over een van de weggeglipte pakjes, die nu over de vloer verspreid lagen.

'Dedju toch!' schrok ze. 'Zo zou een mens nog verongelukken... Als 't u niet derangeert... ik moet nog 't een en 't ander beredderen voor ze hier zijn...'

Jachtig hijgend begon ze de kopjes vol te schenken. Haar mollige hand bibberde, haar hele arm en haar onderarm, aan het slappe vel, schudden mee. Ze morste maar scheen het niet te merken.

'Een kleine zelfstandige heeft nooit gedaan,' fluisterde ze moeilijk. 'De commerce groeit ons stillekesaan boven de kop.'

Ze wou de pakjes oprapen maar begon nog heviger te beven. Boven op die zuildikke benen was haar hele lijf nu vervaarlijk aan 't schudden, als een bouwwerk dat op het punt staat in puin te vallen.

'Kan ik u helpen, mevrouw De Bruyker?' Ik sprong op en greep haar bij een puddingzachte arm. Ze voelde ijzig koud aan. Waarom droeg ze ook zo'n rare lichte zomerjurk bij dit weer?

'Eigenlijk... kunnen we... de bestellingen niet meer bijhouden...' stamelde ze hees. 'Wat... wat denkt ge niet... dat zoiets van een mens vergt... Een atelier laten draaien... met veertien meiskes...' Het schudden was verminderd. 'En alles... helegans alleen uit de grond gestampt! D'r zijn er veel... maar da's in vertrouwen, hé... er zijn er veel die ons 't licht in d'ogen niet gunnen,' glimlachte ze.

Ik liet haar los, raapte de pakjes van de vloer en stak ze haar toe. Ze nam ze niet aan maar bleef, kinderlijk verwonderd, naar mij kijken en zuchtte plots, luid en klaaglijk.

'Mevrouw De Bruyker?'

Ze legde haar koude hand op mijn pols, terwijl ze onafgebroken in mijn ogen keek.

'Kathelijne, oh mijn kleine,' declameerde ze zangerig, 'ga bij het vuurtje spinnen, melk in de kop, drink het op, en laat dan de buren binnen... Hier zie, 'k zal 't u eens laten zien,' vervolgde ze, alsof het bij het rijmpje hoorde. Ze kneep welwillend haar ogen tot spleetjes. 'Kom,' wenkte ze met haar hand.

Dat mens is geschift, dacht ik. Maar ik liep nieuwsgierig achter haar aan, door het vettige keukentje, een ingesloten, voorschootgroot koertje over. De regen kletterde op twee vuilnisbakken waar we ons langs wurmden. Voor een afgebladderde dubbele deur die tegenstond, hield ze halt.

'Legt die tweeënvijftigs maar bij de rest, achter de deur,' fluisterde ze geheimzinnig. ''k Zal ze wel sorteren, als ik daarvoor als 't God belieft ooit eens tijd vind.'

Ik keek gegeneerd naar de grond en zag in de deuropening het mos op de tegels groeien.

'Ssst...' vermaande ze. Ze legde verbaasd een gelakte vingernagel op haar roze getuite lippen.

'Hoort! 't Is stil. Er wordt niet gewerkt vandaag. Z'hebben wééral congé!' mompelde ze ontstemd, en duwde met beide handen de deur open. 'Smijt z'hier maar bij,' wees ze naar een slordig hoopje achter de zware deur.

Van de meeste mij reeds bekende pakjes die daar lagen was het mica gescheurd en de inhoud besmeurd en beschimmeld. Toen pas zag ik dat ik in een halfduistere, vergane werkplaats stond, vol verouderde en verroeste stikmachines, gescheurde en halfverteerde patronen, rollen gevlekt en verkleurd katoen. Door het dak sijpelde overal regenwater dat groene sporen op de muren tekende.

Mijn mond viel wijd open. Ik stond sprakeloos naast die dikke, witte schim tussen de stomme getuigen uit haar verleden. Midden in hàár stilleven. Ik voelde een plotse kou op mijn tanden (mijn tandvlees was gedurende mijn zwangerschap bijzonder gevoelig) maar ik dacht er niet aan of slaagde er niet in mijn mond te sluiten. Ik voelde mijn kleren klam worden terwijl ik de regen hoorde en wist dat zij, even bewegingloos als ik, vlak naast me stond.

Ineens kreeg ik een stamp tegen mijn buik. Ze bewoog!

Mijn dochter liet zich voor 't eerst krachtig voelen!

Het leven in mij schopte mij in beweging, naar buiten!

'Mevrouw, de koffie wordt koud!' riep ik in de gietende regen op het koertje, en ik vluchtte zonder omkijken het gammele keukentje door. Aan een roestige nagel boven het aanrecht hing een kalender van het jaar 1960, 'U en de Uwen aangeboden door Spic & Span'.

'En straks staan ze hier... en haar boterhammeke is nog niet gesmeerd...' hoorde ik haar jammeren terwijl ze achter mij aan hobbelde.

Rechtstaand dronk ik de koude Jacqmotte in één teug leeg – de klok wees vijfentwintig over drie – en ik stak de papieren snel in mijn aktentas.

'Ik kom wel eens terug, mevrouw De Bruyker,' verslikte ik me, 'als u wat meer tijd heeft.'

'Blijft gerust hier, mijn kind!' Ze maneuvreerde zich opzij uit haar keukentje met twee borden waarop en snee wit brood, een banaan en een mes lagen. Ze wierp een tevreden blik op de klok. 'Mijn baas zal alle minuten gaan arriveren, met ons Kathelijntje. Gewoonlijk ga ik haar te voet halen, maar Edmond moest vandaag naar de Walen en in 't weerkeren pikt hij haar op. Ze zit toch zo graag in de auto! Zelfs al is dat bijna de moeite niet, voor zo'n kort eindje.'

Ze sneed de banaan in plakjes over het brood. Met de platte kant van het mes prakte ze op het éne bord de schijfjes zachtjes tegen het kruim. 'Met kinderen hebt ge nooit gedaan,' glimlachte ze mij beminnelijk toe. 'Alle dagen 't zelfde: een boterhammeke met banaan tegen dat ze van school komt.' Ze dekte het vieruurtje af met het andere bord, verschoof onze kopjes en zette de borden op precies dezelfde vaste plaats. 'En 't is van gardez-vous als het zwart uitslaat! Mijn Mietje precies...' glimlachte ze dromerig.

'Ik ga nu maar, mevrouw.'

'Als 't binnenkort wat kalmer wordt in de commerce, kunnen we meer tijd aan ons Kathelijntje spenderen...'

'Ik zal 't wel vinden, doet u geen moeite...'

Ik liep de deur uit en de donkere gang door, voorbij de starende pop, rakelings langs de bijna lege kapstok, waaraan mijn regenjas even bleef haperen.

'Voorzichtig, kind!' Ze repte zich achter mij aan. 'Surtout nu!'

'Ja, mevrouw!'

Ik rukte de deur open en griste mijn zware mand, die naast de kokosmat stond, mee naar buiten.

'Tegenwoordig moet ge dubbel voorzichtig zijn!'

'Tot ziens!' riep ik en mijn stem sloeg over.

'Met al die auto's!'

De deur viel met een doffe klap achter mij in het slot.

De vader van Elizabeth

'Gij zijt de nieuwe Schiptrekkerskoningin,' zei Claire tegen haar dochter. 'Gij. En niemand anders. Want gij zijt de schoonste.'

Met onzichtbare Scotch-tape kleefde ze de affiche achter het glas in de entreedeur van café De Korenbloem.

Benevens de doorlopende jaarmarkt met kermis, fanfare, volksspelen en tombola, werd tijdens het plaatselijk zomerfeest, als hoogtepunt van de festiviteiten, in de grote danstent op de Kouter de Miss Schiptrekkers-verkiezingswedstrijd gehouden. Onderaan op de officiële affiche van de gemeente stonden twaalf minuscule lachende meisjeskopjes gedrukt, alleen door haarlengte of zwart-witgradatie van het kapsel van elkaar te onderscheiden. Ter compensatie stond hun naam en leeftijd er in vetjes onder.

De weelderige gepermanente lichte haardos, derde kapsel van links, Elizabeth De Sutter, zestien jaar, was precies door die krullen zo goed als onherkenbaar. Daarom had Claire met viltstift een dikke rode cirkel – 'Dat komt goed uit' – rond het hoofd van haar dochter getrokken. Toevallig hetzelfde rood als dat van Roman Pils, de belangrijkste sponsor van het feest én leverancier bij De Korenbloem.

"'t Is géén zuivere schoonheidswedstrijd, hé ma!' antwoordde Elizabeth streng. Ze gooide met flair het hoofd achterover. De krullen streelden plezierig haar nek, een nieuwe gewoonte.

'Juist dààrom!' riep Claire en ze tikte verontwaardigd tegen de achterkant van de overige kandidates.

'Ze zoeken een soort ambassadrice. Iemand met présence...'

'Geen één van die kiekens kan 't uitleggen gelijk gij!' verduidelijkte Claire.

'Als ik een pa had bij de gemeente, gelijk die dikke van Verhaevert – die had normaal gesproken toch niet door de preselecties gekund, zo'n vetgans! – dan win ik dat daar op mijn één been,' meesmuilde Elizabeth. Ze keek ondertussen met welgevallen naar het mooi uitvergrote portret van zichzelf boven de tapkast. De glamour-glimlach van een echte filmster, vond ze. 'Verkies ons Elizabeth' had haar grootmoeder Maria eronder geplakt. 'Of ze vragen bijgod nog wie die vedette is!'

Binnenshuis mocht dat, reclame maken. Het was eigenlijk meer supporteren. En op alle entreekaarten met een afscheurbaar stemstrookje die aan de toog verkocht werden, had de oude matrone gereed 'Elizabeth' ingevuld. De stem van het volk telde, naast die van de bevoegde jury, voor vijftig percent mee.

'Eerste of tweede eredame, misschien... Als 't niet was voor al die schoon prijzen, ik deed niet mee,' tartte Elizabeth haar moeder.

Alle sympathiserende handelaars hadden massa's prachtige geschenken geleverd. Die zouden tijdens de show in de tent evenredig onder alle deelneemsters verdeeld worden. De Korenbloem zelf had twaalf reuzenflessen Liefmans afgestaan. De brouwerij schonk een origineel abonnement op haar pils, levering gratis. En wat hadden de anderen niet allemaal in petto? Alleen de koningin zou met de hoofdprijs, zijnde dertigduizend frank én de titel, gaan lopen.

'Gij twijfelt er nog aan ook?' Claire liep zenuwachtig achter de toog om orde op zaken te stellen 'Ge zijt zot! Gij wint dat spel hier. Dat staat nu al vast. En ge zult zien, da's nog maar een begin!' Driftig schikte ze de koelkast en de rekken. 'Laat ze maar konkelen achter uw gat. Laat z'u maar zwart maken! Wat peinzen z'hier wel, in die parochie van 't half vier donker? Gij wordt koningin. Want gij zijt de schoonste. Amen en uit. Altijd. Gelijk waar ge komt. Gelijk wat ge aan hebt. Ge zijt zo van uw eigen. Naturel. Zonder chichi. Zeg dat ik het gezegd heb. Gij zoudt nog schoon zijn als ze u met een stront op uw kop lieten rondlopen!' riep ze verontwaardigd en kwaad. Gloeiend kwaad, op alles en iedereen. Zomaar, zonder te weten waarom. Zelfs kwaad op haar oogappel, die daar met haar luie kont op een barkruk troonde en giechelde, de gelakte nagels voor haar mond. In plaats van de haar in de schoot geworpen kansen met beide handen te grijpen!

'Hihihi... Schei toch uit, ma!' Elizabeth zag zich al, na het defilé in badpak, tussen de meisjes rondparaderen met een drol op haar hoofd. 'Gij zijt zot, hi-hi...'

'Maakt u liever nuttig en doet de deur open voor

uw pa!' blafte Claire, die de wielen van het karretje hoorde kriepen.

Buiten, voor de deur, stond Maria uitvoerig te wijzen naar de affiche met de rode cirkel. 'Hier zie, Wilfried, hier staat ze. Ons Elizabeth. Ziet ge't? Dat is nu ons Elisabetteke, zie. De nieuwe Schiptrekkerskoningin.' Ze sprak nadrukkelijk gesticulerend en luid, als tegen één die doof, blind en stom is.

Wilfried grijnsde met z'n scheve mond tegen het grote papier. Hij kwijlde.

'Dat stuk ongeluk is mijn pa niet,' mompelde Elizabeth gewoontegetrouw, en opende de deur.

'Houdt uw bek!' gilde Claire, die het luik achter de toog opengooide om naar het keldertje te gaan.

'En valt niet van de trap!' repliceerde haar dochter. Op nog geen vier weken tijd was ze al drie keer van het houten trapje gedonderd.

'Ochottekes toch! 't Zit er hier weeral bovenarms op, zie. We kunnen wij hier ons kont nog niet keren, of 't is wéér van dat,' lachte Maria gul tegen Wilfried, als tegen een baby, terwijl ze hem handig en snel in zijn rolstoel de trap over en het café binnenduwde.

'Eeh... eeh... eeh...' hakkelde de halfverlamde in het karretje terwijl hij, een levendige blik van herkenning in de ogen, naar het meisje keek. Ze draaide zich zwierig om en liep achter de toog om langs het keldergat heen naar boven te kunnen glippen.

'Surprise!' kraaide Maria. 'Liza! Ge moet niet gaan lopen!'

Hijgend installeerde ze Wilfried op zijn stekje bij het raam, mooi uit de weg.

'Ziet eens hier, Claire! Valt niet van de trap van 't verschieten, kind!' Triomfantelijk zwaaide ze met het advertentieblad, dat ze samen met haar boodschappen aan het handvat van Wilfrieds invalidenwagentje had meegebracht. We staan d'erin, in 't annonceblad, een heel artikel. Ge moet eens zien hoe schoon!'

Ze zwaaide de krant precies op de juiste bladzijde met streeknieuws open, spreidde ze op het lege tafeltje vóór zich en las met een stem als een klok: 'Elvis' dubbelganger dubbele punt een levende legende uitroepteken.'

Wilfried zat reikhalzend te kijken. Maria wachtte geduldig op de toesnellende vrouwen.

'Staat het er dan toch eindelijk in ja, dat interview?' zei Elizabeth, terwijl ze achter haar moeder aan liep.

'Zo'n groot artikel!' Claire lachte toen ze de bijna volle pagina zag. 'Oooch... hoe goed we d'r allemaal op staan! Spijtig dat gij toen nog uw ander haar hadt...'

'Zoudt ge nu niet zweren dat Elvis hier zit? In levenden lijve?' bulderde Maria en ze las het onderschrift: 'Is de King uit de doden opgestaan vraagteken.'

Ze hield het blad voor Wilfrieds neus en wees hem aan, centraal op de foto, met links van hem Claire, rechts zijzelf en tussen hen in de nog sluike Elizabeth. 'Wil-fried, Wil-fried,' scandeerde ze, en ze prikte vervolgens ritmisch in zijn borst: 'Wil-fried, gij, Wilfried!'

Hij lachte.

'Schoon, hé? Magnifiek!' antwoordde ze in zijn plaats. Maar Claire en haar dochter werden ongeduldig en wilden haar de krant uit de handen trekken. 'Laat mij eens zien!' 'Geeft dat hier!' 'Minuutje, minuutje...'

'Eb ge maa wéén mee gebwach?' vroeg Wilfried plots, helder, luid en bijna volledig duidelijk verstaanbaar, enigszins verwijtend zelfs.

De vrouwen vielen er stil van, want dat waren ze van hem niet gewoon. Zou hij dan toch nog alles weten en begrijpen? Door de band zei hij niet veel, meestal losse woordjes waar niemand kop of staart aan kreeg. Toch kende hij uit sommige liedjes nog hele zinnen van buiten. Die zei hij op in plaats van ze te zingen, wat hij vroeger ook al nooit goed gekund had. Hij gebruikte die teksten slechts om zich uit te drukken als hij iets wilde zeggen. Eender wat probeerde hij zo duidelijk te maken, ook al hield dit zelden of nooit verband met de tekst van het liedje. Bovendien stond zijn manier van spreken haaks op de geleende woorden. Dat was komiek. Daarbij had iedereen nogal eens het raden naar wat hij bedoelde. Zodat, zelfs als hij rood aanliep van colère of ineens in tranen uitbarstte – wat zelden gebeurde – het voor al wie hem bezig zag, moeilijk was om de lach in te houden.

'Ja! Waarom hebt g'r maar ééntje meegebracht, ma?' riep Claire verontwaardigd.

'Van achternoen bedelen ze onze côté toch, dan krijgen we'r genoeg om héél het café mee te behangen,' suste Maria. Ze nam haar bril, plooide het blad tot handzaam formaat zonder de foto te kreuken, en las met vaste stem: 'Het is alweer zo'n vijfendertig jaar geleden dat ik mijn inmiddels bloeiende herberg De Korenbloem heb opgestart. Hierachter was het in die tijd nog ál open veld. Dat vertelt ons Maria De Sutter-Vermeulen, de hartelijke en goedlachse zaakvoerster...'

Nauwgezet, als een eindredactrice, las Maria de neerslag van het weken oude gesprek. Ononderbroken citeerde ze haar in enigszins gewijzigde volzinnen verpakte eigen woorden, als een objectieve verslaggeefster, op het commentaar en de kreetjes van haar toehoorders slechts reagerend met wat meer nadruk of dramatiek in haar stem.

Voor gedetailleerde informatie omtrent de nakende afbraak van het oude kerkhof, dat plaats moet ruimen voor sociale woningen, en het verslag van de gemeenteraadszitting daarover werd naar het hoofdartikel verwezen. Alle aandacht ging naar haar zaak: ontstaan, evolutie, activiteiten, klandizie én de grote attractie van het café, inwonend schoonzoon Wilfried Van Der Cruyssen, alias Elvis Presley!

'Hij hield altijd al veel van Elvis, zoals wij allemaal. En omdat hem dat zichtbaar plezier deed, heb ik hem van die speciale kostuums laten maken, met zo'n hoge kraag, van die lange, puntige mouwen en brede olifantspijpen. Maar niet alleen de kleren maken de man, vertelt Maria ons energiek. Ik heb altijd gezegd dat hij helegans Elvis is. Ge hadt hem moeten zien dansen! En sinds zijn accident is dat bijna niet meer te geloven, zó sprekend écht is die gelijkenis geworden. Vroeger was onze Wilfried nog wat mager, maar vooral sinds zijn ongelukkige val is hij voller geworden, en daardoor van zijn idool bijna niet meer te onderscheiden. Een geluk bij een ongeluk, kunt ge wel zeggen.'

Tot dusver een goed geschreven, correct verslag, oordeelde Maria. Over zijn incontinentie had ze wijselijk gezwegen. En over de pijnlijke periode in het hospitaal, en vlak daarna.

'Dat ik duizend angsten doorstaan heb toen ik dacht dat hij 't niet zou halen, zo'n goeie, doodbrave mens,' had ze wél verteld. 'Maar hou dat op een zwijgen; met miserie en verdriet is niemand gediend.' Ook dat stond er. Toch werd ze er niet kwaad door, integendeel. 'Waarlijk een vrouw met de moed en de levenslust van een leeuwin uitroeptekeen,' las ze, en haar stem trilde even. Hoe verder ze vorderde, hoe mooier het werd.

Er stond echt ontroerend beschreven hoe 'Elvis' plaatselijke dubbelganger hier in de watten gelegd wordt door zijn drie vrouwen: zijn vrouwtje Claire, hun dochtertje Elizabeth en zijn schoonmoeder Maria'. Hoe men 'van heinde en ver' – dat had ze zelf wat overdreven – naar de nog levende Elvis komt kijken; hoe hij op zijn beste dagen nog shows geeft, meezingend met de juke-box, hits als *Jailhouse Rock* en *Kiss me Quick*.

Tot slot verklaarde de journalist op zijn erewoord dat niets aan de foto trucage was, en dat wie hem niet geloofde, zelf maar eens een kijkje moest gaan nemen in De Korenbloem, bij Elvis en Maria!

Maria had tranen in haar ogen. Ze waren allemaal zichtbaar aangedaan. Wilfried begon met zijn goeie arm te gebaren dat hij de krant wou. Hij stootte nerveuze klanken uit en maaide met die arm door de lucht.

'Subiet, Wilfried jongen,' suste Maria, 'anders scheurt ge ze nog. Straks krijgt ge er een.'

'Dedju! Da's toch spijtig,' bedacht ze, 'van ons Elizabeth. Dat we toen nog niet wisten dat ze zou meedoen aan de verkiezing van de Schiptrekkerskoningin!'

Elizabeth zat met haar rivales in een afgeschermd klein hoekje van de immense danstent op een wiebelig houten klapstoeltje. Ze wachtten tot de stemmen geteld waren en de jury uitspraak zou doen. Iemand van de organisatie had, om hen wat lucht te bezorgen, een flapje van het tentzeil opengeslagen en postgevat voor de reet, 'terwijl onze lieftallige kandidates in alle discretie, rust en kalmte op de uitslag wachten. Wat die uitslag ook moge zijn, wie ook als gelukkige Schiptrekkerskoningin wordt uitverkoren – en de taak van de consciëntieuze jury is, dames, juffrouwen en heren, bijzonder moeilijk – één ding staat vast: nergens ter wereld werden, op zo'n beperkt grondgebied als dat van onze gemeente, zoveel schoonheden als hier vandaag bij ons aangetroffen!'

En die zaten allemaal samen, in het zweet huns aanschijns, op twaalf kleine huurstoelen van François Sermijn naar adem te happen. ''t Stinkt hier gelijk in de dierentuin!' had Elizabeth uitgeroepen toen ze met hun allen, in cocktailjurk, op dat kluitje gedreven werden. Tenzij met verontwaardigd gegiechel had geen van de meisjes gereageerd. Zoals vrouwen in Italiaanse films doen, was Elizabeth zichzelf driftig koelte beginnen toewaaien met haar tasje. Een bedwelmende melange van verpeste lucht en twaalf verschillende, weinig discrete parfums. Pas toen die vetgans van Verhaevert, wit als een laken maar zonder één zucht, als een bloemzak achterover was gevallen zodat het houten stoeltje onder haar gewicht met een klap dichtsloeg, had de verantwoordelijke – na wat grapjes over mond-op-mond-beademing – de meisjes voorzien van verfrissingen: Cola, eau de cologne en dus ook die spleet in het zeildoek.

Het wachten duurde vreselijk lang. Niemand zei een stom woord, maar dat was alleen al vanwege het oorverdovend gedreun van The Wonderboys op het podium toch zo goed als onmogelijk. Kapsel en make-up werden fanatiek bijgewerkt.

Daisy en Maisy, de eeneiige tweeling van de bakker, zaten glunderend en hand in hand na te genieten van het daverend applaus dat ze, dank zij de geveinsde verwarring van de presentator, na hun interview hadden ontvangen. Gemakkelijk succes én ten onrechte, vond Elizabeth, want in badpak waren ze door de mand gevallen. Alleen hun hoofd was hetzelfde, en hun haar. Hun lijf was compleet verschillend gebleken, maar wel van alletwee even lelijk, dacht Elizabeth die, hoewel geen echte schoonheid, misschien de mooiste en zeker de snuggerste van de aanwezige meisjes was.

Ze voelde zich pisnijdig. De presentator, een of andere flauwe plezante van Radio Twee, had haar conversatieproef doen mislukken! Alles was tot dan toe feilloos verlopen. Enthousiaste stamgasten van 't Heilig Kasseiken hadden geapplaudisseerd voor elk woord dat ze zei, of 'Liza! Liza!' gescandeerd terwijl ze hun zelfgemaakt spandoek in de lucht staken. Maar toen ze, op de vraag die iedereen kreeg, antwoordde dat ze later 'psychologie ging studeren aan de unief van Leuven, Brussel of Gent, dat was nog niet beslist', vroeg die klootzak of ze niet eens even drie namen van bekende psychologen kon noemen. Met die micro vlak onder haar neus! 'Filosofen zijn ook goed, want daartussen ken ik het verschil toch niet,' drong hij aan. Ze wist er niet één. Hij vulde de stilte met een brede glimlach, vol leedvermaak.

'Maar het kan evengoed zijn dat ik voor geneeskunde opteer,' zwenkte ze razendsnel, 'want dat boeit mij ook. Het lichaam, naast de geest. Misschien word ik wel de eerste vrouwelijke dokter Barnard, of dokter Kildare, of dokter Zjivago!' glimlachte ze triomfantelijk. Ze had er tot haar verbazing een hele tent lachers mee op haar hand gekregen.

Toch was ze onder die stralende glimlach onzeker geworden. Ze had haar strofe uit *Mijn Vlaand'ren heb ik hart'lijk lief*, dat ze dikwijls samen hadden gerepeteerd en waaruit ze elk, zonder begeleiding, een willekeurig stuk moesten zingen, veel te zweverig ingezet en compleet chaotisch, ronduit vals beëindigd. Ze had wel kunnen janken. Gelijk Lutgard Van Herrewegen, 'die eigenlijk nog niet zo'n misse is maar stom als 't achterste van een varken', was beginnen schreien na de afgang van hààr strofe. Die durfde zelfs niet meer op voor het defilé in badpak, waarbij ge niets mócht zeggen, en beweerde dat ze buikpijn had. Toch was Lutgard verplicht hier in wat ze 'de loge' noemden te blijven zitten, tot de jury beslist had of ze al dan niet werd gediskwalificeerd. Hoe dan ook, ze behield het recht op haar aandeel in de vele prijzen.

Van een tweehonderdtal stemmen was Elizabeth verzekerd. Maar wat betekent dat op een totaal van meer dan drieduizend? dacht ze. En wegen objectiviteit en eerlijkheid tegenwoordig wel op tegen al dat politiek gekonkel? De schepen gaat voor zijn nicht met haar ballonnekesbenen kiezen, dat is een feit. En die van achter 't loket bij de bevolkingsdienst kiest vaneigen voor zijn dochter. Of, nog erger: onder druk van het gemeentebestuur kiest hij ook voor Miss Ballonnekesbeen. Zo troostte Elizabeth zichzelf op voorhand. Stel dat ze zelfs naast een eerloze eredametitel zou pakken! Ze mocht er niet aan denken... Ze kón 't niet geloven.

'Nog een kleine tien minuutjes en de jury is klaar. Alles oké?' kwam de oppasser vragen.

Verscheidene meisjes moesten hoogdringend plassen, en dat was niet oké, want dat had de organisatie niet voorzien. Paniek. Ogenblikkelijk werd versterking gezonden. Aan het chemisch toilet, een caravan met drie w.c.'s een heel eind van de tent, werden luidruchtige voorbereidselen getroffen om snel plaats te ruimen voor de rij meisjes die onder uitgebreide escorte kwam aanrukken. Een nieuwe, niet-officiële off stage keuring mét aanzwellend fluitconcert door de over het terrein slempende feestvierders was niet te vermijden.

Elizabeth, die niet hoefde te plassen, moest mee en sloot de rij. 'Opzij voor de melkerij!' hoorde ze roepen. 'Ik zal ulder broekskes wel afsteken, kom!' ''t Zal hier serieus gaan *prut*telen, mij dunkt.' Ze meende die garagist te herkennen van aan 't Houten Hand, die kleine met zijn grote muil die geregeld in hun café rondhing. 'Hé, menneken!' riep ze uit de hoogte, en ze stak haar middelvinger demonstratief in de hoogte: 'Fuck your mommy!'

Van het toilet werden ze rechtstreeks naar het podium geleid. Met hun nummertje in de hand vormden ze een stramme haag achter de rug van de presentator, die onbekommerd bleef kakelen alsof het spektakel rond hém draaide. Van de gespannen kandidates had slechts Elizabeth nog voldoende fut of tegenwoordigheid van geest om haar ene been gracieus kruiselings voor het andere te plaatsen, zoals bij de repetities was aangeleerd. De ongeduldige menigte werd tot stilte gemaand. Elizabeth zag haar opgewonden moeder onder de supporters staan. Claire ging nog door met het spandoek op en neer te laten wippen en stak, stralend, een forse duim op naar haar dochter. Elizabeth bleef ondoorgrondelijk naar alle aanwezigen glimlachen.

Onder opzwepend tromgeroffel, alsof hij een levensgevaarlijke stunt ging uithalen, nam de presentator eindelijk de hem door de jury overhandigde envelop uit zijn binnenzak. Nog maar eens benadrukte hij 'dat hij even benieuwd was als iedereen hier' en 'dat de taak van de jury bijzonder zwaar was geweest'. Hij verwees nogmaals naar de vele waardevolle geschenken die al de hele tijd het podium versierden.

'Maar het uur van de waarheid, mag ik wel zeggen, is aangebroken en ik zal uw geduld en dat van onze meisjes niet langer op de proef stellen...'

Hij stak de microfoon onder zijn oksel, opende tergend traag de oorverdovend scheurende envelop, bekeek de brief met grote ogen en begon allerlei grimassen te trekken.

'Oh... Oooooooo... o... o...! Olalalalalalaaaaaa! Ja wadde!' probeerde hij alsnog de show te stelen.

'Ah!' Een goedgemikt bierflesje, vliegend protest van het morrend volk, trof hem nét niet in het kruis, maar liet daar op zijn broek een grote natte vlek achter. Honend gelach. Lutgard, die toch alle hoop had verloren, begon als eerste van de meisjes mee te giechelen. Elizabeth kreeg de slappe lach en hield, de benen gekruist, haar bordje met het nummer 7 voor haar vertrokken gezicht.

'Over tot de orde van de dag!' riep de presentator, de schandvlek negerend. 'Dit is een serieuze verkiezing. Op mijn lijst staan de namen van de drie verkozenen. Ik deel ze mee, zoals dat gebruikelijk is, in omgekeerd evenredige volgorde van belangrijkheid. Mag ik dan nu uw aandacht én applaus voor de tweede eredame: nummer elf, mejuffrouw Verhaevert Tina!... Jij mag naar voor komen, Tina. Gefeliciteerd. Daar is mijnheer de burgemeester al, die u eigenhandig het erelint van tweede eredame zal ombinden.'

'Gelukkig zijn die linten lang en breed genoeg...' fluisterde Elizabeth, achter haar glimlach, tegen een van de tweeling naast haar op het podium. Tina sukkelde, onder lauw applaus, een beetje ontdaan uit de rij.

'Tweede eredame!' vervolgde de presentator, die zijn lesje geleerd had. 'Uw aandacht en applaus voor nummer drie, mejuffrouw De Wolf Yolanda!'

Elizabeth schrok. Wie? Dat onopvallend, nietszeggend meiske? Heeft die dan connecties? Wie had dat kunnen denken!

Yolanda, vrolijk zwaaiend naar de mensen, snelde naar haar lint toe.

Nu is het erop of eronder, dacht Elizabeth, bang en blij tegelijk.

'En de kroon én de cheque ter waarde van dertigduizend frank gaan naar de nieuwe Schiptrekkerskoningin...'

Naar mij, dacht Elizabeth, onafgebroken glimlachend, ik ben het, ik voel het...'

'Nummer negen!' Zeven, dacht Elizabeth, hij vergist zich.

'Mevrouw De Gezelle Marleeeeeen!'

Dat kan niet! Die onnozelaar met z'n flauwe moppen altijd!

Een nog niet eerder gehoorde kakofonie van applaus, boe-geroep en snerpend gefluit brak los.

Marleen kreeg de gouden kroon op haar hoofd.

Ze glimlachte bescheiden. De burgemeester overhandigde haar een grote nagemaakte kartonnen cheque.

Wat een poppekast is dat hier! dacht Elizabeth furieus. En: dit is niet rechtvaardig!

'We gaan nu onmiddellijk over tot de verdeling van de vele ongelooflijk mooie en waardevolle troostprijzen onder alle deelneemsters, en ik herhaal, àlle deelneemsters, verkozen of niet, aan deze onvergetelijk spannende wedstrijd. Twaalf doosjes met zes pastelkleurige zakdoekjes worden nu door de hostess uitgereikt aan onze charmante kandidates. Deze prachtige met de hand geborduurde zakdoekjes werden afgestaan door de firma Wolters uit de Langestraat. Dé speciaalzaak voor exclusieve geschenkartikelen van de familie Wolters, gelegen Langestraat 44, biedt u tevens de mogelijkheid...'

Door haar opwellende tranen zag Elizabeth in de onrustige massa haar moeder staan. Claire stond ruziënd te argumenteren. Het spandoek 'Elizabeth Koningin' danste ondertussen machteloos op en neer.

Elizabeth griste het doosje met zakdoekjes uit de handen van de hostess en stapte kordaat naar voor, naar de microfoon die onbewaakt op zijn voet stond omdat de presentator druk meezocht naar de make-upsets van Estée Lauder, 'een uiterst geraffineerde tweede prijs om onze mooie meisjes nóg mooier te maken'.

'Vrienden!' riep Elizabeth keihard in de micro, zodat het weerkaatste tot in de verste uithoeken van de volgestouwde tent.

'En vooral vriendinnen!' vervolgde ze vastberaden.

Alle mensen keken verrast op. De presentator wilde haar meteen het zwijgen opleggen.

'Wij zijn het hier beu! Beu-beu-beu!' riep ze vol vuur. 'Als beesten hebben ze ons hier opgesloten! En laten wachten! Om ziek van te worden! Verscheidenen onder ons zijn 't ook geworden! Zelfs bewusteloos neergevallen!'

Enkele organisatoren kwamen aangelopen en beklommen het podium.

'Dat is de waarheid! De rest zijn leugens! Van politiekers en commerçanten! Die denken alleen aan hun eigen zak! Héél deze show is één groot bedrog...'

Verder kwam ze niet: presentator en organisatoren hadden haar voor de microfoon vandaan gesleurd. De hele tent begon te jouwen en te schreeuwen. 'Bravo! Bravo!' herkende ze de uitzinnige stem van haar moeder.

Elizabeth leek zich gewillig te laten meevoeren, maar zag plots de kans schoon om met een razendsnelle beweging het rode hoofd van de radioklootzak tussen haar plankje (nummer 7) en haar zakdoekjes te klappen. Aanmoedigingskreten en sympathiebetuigingen stegen op terwijl Elizabeth niet al te zachtaardig van het podium gehaald werd en naar de verlaten 'loge' gebracht.

De radeloze presentator wou niet laten merken dat zijn neus inderdaad bloedde en verschool zich laffelijk achter de opeengepakte geschenken. Hij werd niet betaald om zich te laten affronteren, afslaan of afmaken, zei hij. Bijna alle meisjes op het podium, verkozen of niet, stonden te huilen. Het publiek brulde en brieste. De meest verontwaardigden begonnen, zelfs zeer redelijke argumenten negerend, genadeloos op elkaars gezicht te timmeren.

Elizabeth, op een klapstoeltje van Sermijn tussen twee bewakers, herkende de stem van de burgemeester zélf die, hijgend, zijn 'Beste mensen' toesprak 'in de hoop dit mooie grootse volksfeest, deze traditioneel-folkloristische gebeurtenis die verwijst naar de bronnen van ons eigen cultureel erfgoed, namelijk het noeste labeur van de moedige, eerlijke, hardwerkende mannen, vrouwen en toentertijd ook kinderen die langs het jaagpad van de Dender, het zwaargevlochten touw over de schouder, gestaag de schepen voortsleepten,' waarop hij de draad verloor.

'Dat dit feest een vurige uiting van de bruisende volksvreugde en levenslust moge zijn...' herviel de burgemeester in zijn eerder dat weekend gehouden openingstoespraak. Glunderend op haar stoeltje hoorde Elizabeth hoe zijn stem verloren ging in het geweld van de massa.

De twee mannen stonden naast haar als twee stenen wachters.

Toen klonk een andere stem door de luidsprekers, zakelijk en bedaard: de secretaris. 'De prijzenpot wordt gespaard. De zaak wordt grondig onderzocht. Gewetensvol ook. Eventuele misbruiken en wangedrang zullen zwaar worden bestraft. Wie het daarmee niet eens is, kan de tent nu in alle gemoedsrust verlaten, zodat het gezellig samenzijn – en we hebben er jaarlijks met alle dorpsgenoten samen slechts één – kan worden voortgezet.'

Waarschijnlijk gaf hij hierna een teken aan het orkest. De zoete tonen van een beginnende wals begeleidden het uitstervend gekrakeel.

Elizabeth glipte naar buiten.

Ook al had ze het niet gehaald, 's maandags stond haar verhaal, en alléén het hare, in de plaatselijke editie van *Het Laatste Nieuws*, mét de mooie foto die boven de tapkast hing. 'Mooiste meisje trekt van leer tegen Miss-verkiezing.'

De nog jonge redactrice was haar achternagegaan, naar huis, en bracht gedetailleerd verslag uit van Elizabeths 'harde confrontatie met de mannenmaatschappij. Het politiek gekonkel achter de schermen, de schaamteloze exploitatie van de tot vee vernederde vrouwen, het was haar plots, daar op dat podium, zó duidelijk geworden!'

'En nu ben ik feministe,' zei ze, 'want mijn ogen zijn opengegaan.'

Zo werd Elizabeth op één dag bekender, beroemder en vooral beruchter dan die zogezegde vader van haar.

Zoals vroeger een bepaald deel van Maria's cliënteel naar het Heilig Kasseiken kwam om er, gewoonlijk achter het net vissend, Claire te beloeren, zo kwam datzelfde soort tegenwoordig, sinds de periode rond haar plechtige communie, om een glimp van Elizabeth op te vangen. Deze evolutie had zich geleidelijk, haast onopgemerkt voltrokken.

Na Wilfrieds bijna fatale val was de belangstelling

voor Claire niet onmiddellijk weggeëbd. Een volwaardig tegenstrever kon je die altijd aanwezige stille getuige immers niet noemen. Het was Claire zelf die het er in de loop der jaren naar gemaakt had. Nog steeds jong en aantrekkelijk, had ze zich doelbewust en vol overgave om zo te zeggen 'levend begraven' met die gebrekkige verloofde van haar. Daar maakte ze een erezaak van.

Ze snelde van haar werk in de kleine koekjesfabriek naar huis, om Wilfried de verse misbaksels en gebroken koekjes te voeren en 's avonds nog mee te helpen in het café: hem bier bezorgen en veelvuldig aan- en afvoeren naar de w.c. Daarbij spaarde ze haar liefdesuitingen niet. Ze kuste hem voor en na op de zachte wangen, die ze zélf had geschoren, en vlijde zijn hoofd teder – 'Komt aan mijn hart, schat' – met beide handen ter hoogte van haar maag. Of ze streek hem, terwijl ze het hoge woord voerde in een of andere discussie, bij het passeren over de onberispelijk gekamde haren.

'Dat is pas liefde! Bij die twee daar, zie! Zoiets vindt ge op héél de godganse wereld niet meer!' verkondigde Maria tot in den treure. Zelf zorgde ze ook graag voor hem. Als haar dochter naar de fabriek was, ging ze met Wilfried in zijn zware invalidenwagen wandelen, wat Claire, met haar pijnlijk gezwollen benen van het lange rechtstaan bij de koekjes, niet kon. Maar ze verdiende er schoon geld en ze was gelukkiger dan in haar jonge jaren, dat wist Maria.

Claire was geheel en al haar moeder geworden, ook van karakter: ferm, kordaat, wijs, altijd goedlachs, en met groot hart. Beide vrouwen deelden de constante zorg om de gehandicapte Wilfried. Hoe zo'n zware verantwoordelijkheid hen toch bevreemdend licht viel! Alsof die gemeenschappelijke zorgzaamheid een mooi nieuw doel in hun leven werd. Een hoger doel. Want zij verwachtten in ruil niets van hem terug. Eerlijk en onbaatzuchtig, als de liefde zelf, dacht Maria. Maar zoiets kunt ge de mensen niet wijsmaken, wist ze, zelfs niet als ze 't met hun eigen ogen zien.

Maria bleef waakzaam: geen sterveling zou ooit aan haar schoonzoon raken. Het kon over alles gaan in haar café, over alle dingen van 't leven, ook over seks, want ze was breeddenkend, en 'ge houdt dat toch niet tegen', en 'daarbij, 't zijn meestal de plezierigste gesprekken'. Maar wie één scheve opmerking plaatste over Wilfrieds waarschijnlijke impotentie, zelfs al was hij toevallig niet aanwezig, werd radicaal en meedogenloos de vuile mond gesnoerd.

'U wil ik nog wel een keer tussen mijn lakens krijgen, mijn bezeken!' of: 'Iedere keer als ik aan Claire denk, kàn ik niet meer pissen!' Zulke onschuldige kleine complimentjes stonden op zich en konden van eender wie komen. Maar met sommige hartenvreters moest ze altijd op haar hoede zijn.

Zoals Werner, de garagist van aan 't Houten Hand. 'Claire! Gij kunt altijd uw groot onderhoud van mij gratis voor niets krijgen!' had hij joviaal gelachen. Zoiets had nog gekund. Maar toen speelde hij 't vuil. 'Want uwen technieker is al lang met congé, hé!' sneerde hij, uit zijn ooghoeken naar Wilfried

loerend. Maria had vanbinnen op ontploffen gestaan, maar waardig geantwoord: 'Als seks een tech-
niek is, is een vrouw daarom nog geen machien.' En
haar gebruikelijk gebaar naar de deur was duidelijk
genoeg.

Vóór hij verdween, dronk Werner nog snel zijn
volle Tuborg leeg, in stilte. De klanten dachten na
over Maria's wijze woorden.

'Daarbij, gij zijt een uitgesproken slechte technieker!' riep Claire hem hooghartig na. Ze sprak uit er-
varing. Dat wisten de oudsten, en ze lachten Werner
vierkant uit. Gelukkig bleven dergelijk incidenten
zeldzaam.

De interesse voor de kleine, bleke Elizabeth was
van geheel andere aard. Onder hun ogen in het café
opgegroeid, was ze op logisch onverklaarbare grond
eerder tot geestelijke dan tot lichamelijke rijpheid gekomen. Elizabeth was een slimme. En een verstandi-
ge. Een meiske met hersens en, spijts haar jeugdige
leeftijd, vroegwijs.

Hoe dun en frêle ook, ze leek tegelijk wonderlijk
solied. Als uit één stuk gegoten, onkreuk- of on-
kwetsbaar bijna. Ze straalde een vanzelfsprekend geloof uit in haar eigen gelijk. 'Zo'n meiske dat u 't gevoel geeft dat zij beter is dan een ander, zelfs beter
dan gijzelf. Een rare.' Wat haar vroeger als kind voor
dwarsheid of koppigheid werd aangewreven, noemde men nu haar grote karaktervastheid.

Had Elizabeth De Korenbloem niet voor een dreigend faillissement behoed? Het klantenbestand was
in de loop der jaren onrustwekkend geslonken. Ve-

len waren vanwege Claire of uit zichzelf weggebleven, anderen hadden, zoals Zotte Frans met zijn levercirrose, voorgoed het loodje gelegd, terwijl Wilfried alias Elvis slechts occasionele kijklustigen lokte. Eendagsvliegen.

'Denkt aan al dat volk dat binnen afzienbare tijd hier rechtover, in die sociale wijk, komt werken en wonen,' had Elizabeth tegen haar grootmoeder gezegd. 'En koopt nu een tapbiljart.'

Het waren profetische woorden. Een totaal nieuwe jonge garde kwam rond de grote Amerikaanse biljart gezwermd, nà of ook tijdens de schooluren. Jonge jongens die niet veel dronken en toch dikwijls met bloeddoorlopen ogen rondliepen. Ook enkele meisjes. Elizabeth kreeg, tijdens de dagelijkse wandeling van Maria met Wilfried, haar eigen uurtje als bazin van 't café. Ze ontplooide zich niet alleen tot onbetwiste meesteres van de tapbiljart, maar ook tot best gedocumenteerde over alle mogelijke trendy onderwerpen en tot enige juist geïnformeerde over het reilen en zeilen van nieuwkomers én habituées. Bij al die kennis en kunde bleef ze geheel zichzelf: wonderlijk rustig, stijlvol koel.

Tijdens haar druk bijgewoonde namiddagsessies was nog maar één keertje iets misgelopen toen iemand, een volslagen nieuweling die in zijn eigen braaksel dreigde te stikken, moest worden weggevoerd. Maar daaraan kon zij tenslotte niets doen.

De afbraak van het oude kerkhof was nog niet eens begonnen en de omzet van het café was, dank zij Elizabeth, al bijna verdubbeld!

Elke eerste en derde maandag van de maand huurde de plaatselijke afdeling van Dolle Mina, getroffen door Elizabeths strijdbare houding tijdens de Missverkiezing, de gelagzaal om er te vergaderen. Een select handjevol stevig drinkende dames bepaalde in De Korenbloem de te volgen strategie om primo: de massa der thuiswerkende vrouwen te bereiken, en secundo: hen bewust te maken van de uitbuiting door man en maatschappij.

Elizabeth voorzag de dames van bier en onpartijdig, radicaal advies, recht voor de raap en authentiek van de basis. Telkens opnieuw probeerden de Dolle Mina's getroffen door haar vrankheid, Elizabeth tot toetreden te bewegen; ze boden haar zelfs gaarne een bestuursfunctie aan. Maar Elizabeth bedankte. 'Jongens, uw program gaat bijlange niet zo ver als het mijne. En ik laat mij niet inkapselen. Nooit! Da's mijn princiep.'

Overdag kon ze met recht en reden de gangbare mening bevestigen, want ze had het zelf gezien: het waren inderdaad 'allemaal lelijke ouwe dozen die nog nooit van de grond geweest waren, of manwijven die ze gedurig, gelijk vliegen, van haar kont moest slaan'.

Elizabeth hield de zaak in de hand, beter nog dan haar grootmoeder. Ze zou zich niet, zoals haar moeder, door de eerste de beste laten volsteken om later haar leven te eindigen in een wedloop tussen een geestdodende koekjesfabriek en een halvegare vette os in een karretje. Ze wist wat ze wou en keek vol vertrouwen naar de toekomst. De tijd en haar onwankelbaar geloof in eigen kunnen waren haar tot bondgenoot. Ze zou zichzelf ontwikkelen en vervolmaken, uitstijgen boven de middelmaat.

Ze was zeventien en altijd kuis gebleven, terwijl sinds jaar en dag bij hen 't goorste en 't heetste volk de vloer afdweilde, de grootste krabbers, de minst heiligen. Ze was ongenaakbaar gebleven. Zuiver. Had zich nooit vergooid. Diep in haar hart leefde het grote verlangen volledig te zijn en uniek. Pas dan zou zij zich schenken aan een gelijke, even waardevol als zijzelf. Aan hem die tegelijk de meest beloftevolle én de meest biedende zal zijn.

Momenteel was dat de mooie Kurt, oudste zoon van dokter Van Acker, een blitse gast met stijl, en schoon, schoon als een halfgod! Maar voorlopig voor haar onbereikbaar.

'Ze kunnen z'hier allemaal kussen. Volgend jaar ga ik naar de universiteit,' zei Elizabeth koel. Ze schonk het jeneverglaasje van Karel vol en gaf hem het vooruitbetaalde pakje.

'Dezelfde als vorige keer?' vroeg Karel.

'Gelijk ge gevraagd hebt. Straffe turf, heeft hij gezegd,' antwoordde ze zakelijk.

Karel stak het pakje achteloos in zijn jeanszak.

'Uw maat, de zoon van Van Acker,' vroeg ze koeltjes, 'gaat die volgend jaar ook niet naar Leuven?'

'Kurt?'

'Ja, Kurt Van Acker.'

'Kurt de kakker! Da's mijn maat niet. Die zal naar Leuven moéten van zijn pa, en alle dagen op en af met de trein.'

167

Elizabeth glimlachte bescheiden om zijn nijdige zever.

'Komt ge mee een sigaar opsteken?' plaagde hij haar.

Elizabeth reageerde niet. Ze had het verboden, elk kind wist het. 'Niet in 't café, niet in de w.c.'

'Ook geneeskunde zeker, de kakker?' vroeg ze, met iets van Karels minachting in haar toon.

'Huisdoktoorke spelen zeker, gelijk zijn pa.' Het verveelde Karel. Waarom vroeg ze niets over zijn plannen? Waarom keek ze hem nooit in de ogen? Waarom wou ze met hem geen jointje roken? Terwijl de helft van de grieten van de sociale school achter hem aanzat! En ze wisten waarom! Hij kon ze van de eerste keer al een orgasme bezorgen. Dat wist Elizabeth ook, want ze wist alles. 'Daar kunnen ze de straat mee plaveien, met huisdokters.'

'Met sociaal assistenten ook! En aan een lijf mankeert altijd iets. Hij kan de praktijk van zijn pa overnemen,' zei ze.

Stuk voor stuk onweerlegbare argumenten, dacht Karel. En toch was hij meer waard dan die kakker. Waarom zag alleen Elizabeth dat niet?

'Ik zou mij tenminste specialiseren. In de gynaecologie bijvoorbeeld,' lachte hij onnozel, in een poging uitdagend te lijken. 'Alle dagen zwemmen in de vrouwen en 't geld.' En hij kriebelde met alle tien zijn vingers in de lucht.

Karel kon het niet laten. Hoe meer ze hem afwees, hoe meer hij haar wou. Als hij niet zo belachelijk was geweest, had z'r nog compassie mee gekregen.

'Steekt hem tussen de deur, jongen, dan zijt g'r vanaf,' glimlachte ze meerwarig, zoals ze haar grootmoeder dikwijls had horen zeggen, en ze schudde energiek haar krullen én zijn probleem haar rug op. 'Hoe is dat gesprek met de perfect afgelopen?' riep ze richting tapbiljart, en ze liet hem weer eens voor lul staan.

Elizabeth was er heilig van overtuigd dat alles waarop zij haar zinnen zette, alles wat zij aanpakte, tot een goed einde zou komen. Ook met Kurt vertrouwde ze daarop, én met haar kot in Leuven volgend jaar.

'Zolang ge in uzelf gelooft en trouw blijft aan uw eigen, blijft ge groeien. Zelfs als ge op 't eerste gezicht tegenslag hebt, kunt ge daar nog wel bij varen. Zolang ge maar blijft geloven,' verkondigde ze haar waarheid. Ze vond de mislukte verkiezing voor zichzelf het beste bewijs.

'Ook al peinst ge dat ge met uw rug tegen de muur staat, al denkt ge tot over uw oren in de stront te zitten, zolang die vonk geloof in u brandt, kunt ge reageren en zijt ge niet verslagen. Neem nu... ik weet 't, het is gelijk elke vergelijking een wreed simpele, maar soit: neem nu Assepoester,' glimlachte ze naar de feministes, verenigd voor de actie 'Geen rolbevestigend speelgoed van de Sint'. 'Wat, of all women, hield Assepoester ondanks alle ontkenning en vernedering op de been? Haar geloof in een betere toekomst. Ze blééf geloven in haar recht op geluk, rijkdom en liefde. Concreet: ze gáát naar het bal zodra ze de kans ziet, zónder uitnodiging, en niet omdat ze het er een keertje van wil nemen voor ze verderslaaft, maar om direct naar de hoogste autoriteit van 't paleis toe te stappen, waardig en zelfbewust. De prins gaat plat voor haar, zoals iedereen aan het hof trouwens. Hij is niet dé man of dé macho, vind ik, maar het statussymbool voor dat betere leven waar zij naar verlangt.'

De dames, van wie het merendeel er een – zwartwerkende – kuisvrouw op nahield, waren niet onverdeeld gelukkig met Elizabeths uiteenzetting. Maar ze dienden toe te geven dat Assepoesters houding in het kader van de vrouwenontvoogdingsstrijd respectabeler was dan die van haar stiefmoeder, en -zussen. De zelfverminking waar de oudste, bij 't afhakken van haar lange tenen om in het glazen muiltje te passen, vrijwillig naar greep!

Er was slechts één onzeker gegeven in haar leven waarover Elizabeth werkelijk inzat: ze wist niet wie haar vader was. Dat baarde haar, al liet ze dat nooit merken, de laatste jaren zorgen.

Claire had het nooit verteld, aan niemand, zelfs aan haar niet: ze blééf volhouden dat het Wilfried was. Maar dat had Elizabeth nooit geloofd. Ze noemde hem niet 'Pa' of 'Papa', ze noemde hem níet. Of hoogstens 'hem' of 'die daar'. Ze sprak wel eens over hem, afhankelijk van de situatie, als over 'de lamme', 'de tamme', 'de zeveraar' of ''t stuk ongeluk', maar liefst zweeg ze erover.

Soms was ze genoodzaakt zijn aanwezigheid te

verantwoorden. 'Wilfried Van Der Cruyssen is inwonend verpleegde bij ons. Mijn moeder ontfermt zich over hem, mijn grootmoeder ook. Hij lijkt sprekend op Elvis Presley, maar hij leeft godweet van wat. Zonder inkomen, geen enkel middel van bestaan. De kapitalistische maatschappij, de sociale zekerheid, de ziekenbond... z'hebben hem allemaal laten vallen. Letterlijk. Alleen wij dus niet.'

Niet dat ze een vader nodig had. Nu niet meer. Het was eerder nieuwsgierigheid. Ze wou die man eens zien, al was het van ver of op een foto. Had ze maar eens één verhaal, één enkele anekdote aan haar moeder kunnen ontfutselen!

'Wie is mijn papa?' vroeg ze altijd als kind. 'Gij hebt geen papa,' zei Claire dan, alsof dat heel normaal was. 'Waarom niet?' 'Omdat ik alleen uw mama ben.' 'Ben ik een ongelukje?' 'Wie heeft dat gezegd?' 'Niemand. Ik weet dat van mijzelf.'

Ze herinnerde zich hoe verscheidene klanten haar de een na de andere hadden toegefluisterd dat zij haar papa waren, en hoe er altijd om haar reactie gelachen werd: 'Niet waar. Ik heb geen papa. Ge kunt de pot op.' Ze had het niet als een gemis aangevoeld, meer als een voordeel, en ze had in gedachten kunnen kiezen en fantaseren. Massa's uitzonderlijke vaders, en van niet één kreeg ze slaag.

Tot die ene haar dan werd opgedrongen, die mossel met al zijn gebreken, die van haar zevende jaar onveranderlijk bij hen thuis als een garnituur in zijn karretje zat. Ze wou hem niet als pa, en ze wist ook met zekerheid dat hij dat niet was.

Mede door Wilfrieds aanwezigheid was ze de jongste jaren gaan beseffen, dat Claire de identiteit van haar vader tot elke prijs geheim wilde houden. Als zelfs zo'n stuk ongeluk goed genoeg was om voor haar verwekker door te gaan, kon ze niet langer dromen van een rijke nonkel in Amerika of elders, of een gezagdragende figuur die niet wenste te worden gecompromitteerd. Zij was het gevolg van een onuitwisbare misstap van haar moeder met een miserabele beschamende ellendeling.

Mijn moeder heeft zich destijds verlaagd met een nog grotere idioot dan 'die daar', waarschijnlijk de grootste zot van het dorp, realiseerde ze zich bitter. Het was geen belangrijk politieker die haar moeder na de dood van zijn amechtige vrouw zou trouwen, geen illustere onbekende die tijdens de liefdesdaad terstond en passioneel in Claires schoot overleed. Het was uitschot. Van 't ergste soort. Het kon zelfs die garagist zijn. Ze wilde en zou het te weten komen. Daar had ze recht op, het ging om haar oorsprong.

'Ge moet geen schrik hebben dat het mijn eigenwaarde zal aantasten. Al is het de grootste zak!' probeerde ze Claire te overtuigen. Maar haar moeder bleef zwijgen, zoals altijd. 'Het is trouwens wetenschappelijk bewezen: twéé zwakzinnigen hebben statistisch gezien méér kans op een geniaal kind dan één zwakzinnige gekruist met een genie,' schamperde ze om Claire kwaad en uit haar kot te krijgen. Claire begreep dat echter niet zo best en reageerde niet. Haar dochter zou 't wel weer kwetsend bedoelen.

Van grootmoeder Maria kwam ze ook niets te weten. Die begon altijd zichzelf te verontschuldigen 'Hoe kan ik dat nu weten, ik was er niet bij. En ik kon ze toch niet de godganse dag aan mijn rok binden. Ik had ondertussen mijn handen vol. En uw moeder was al jong goed voorzien van oren en poten, 't mansvolk zat haar gedurig te beloeren...' Na ieder kruisverhoor eindigde ze steevast met: 'Zotte Frans zaliger, die nog zo zot niet was, heeft eens gezegd dat gij een kind van de Heilige Geest zijt. En die zat er nog het dichtst bij, me dunkt.'

Niet dat ze er veel van verwachtte, maar hij was haar laatste kans, als familielid en mogelijk getuige, en daarom besloot ze bij haar grootvader, de Tuinkabouter, te rade te gaan.

Sedert Pieë, de Tuinkabouter, kort na Wilfrieds definitieve intrede in het gezin met pre-pensioen was gegaan, en niet meer geregeld naar huis hoefde om zijn loon af te staan, kwam hij nog slechts sporadisch naar De Korenbloem om er, als een gewone klant, een pint te drinken. Hij verbleef in zijn zelfgemetseld huisje bij de vijver, op zijn wei, tussen de eenden en de andere kabouters. Vroeger was hij hier de enige man in huis en hoewel niet veel van tel, hij heeft ook oren en ogen en een mond om te spreken, dacht Elizabeth, en ze ging naar hem toe.

Alles zag er nog precies eender uit als jaren geleden, toen ze hier wel eens speelde: een witgekalkt huizekotje zonder elektriciteit of water – er mocht hier niet gebouwd worden van de gemeente – een fontein met dolfijn, een kleine generator, een goed onderhouden akkertje, en overal kleurrijke postuurkes. Hij stond voorovergebogen uitgespitte dahliaknollen te selecteren en zag haar niet aankomen.

'Dag, peter,' begon ze, tamelijk luid. Ze wist dat hij niet goed hoorde.

Van 't schrikken sloeg hij bijna voorover in zijn knollen.

'Dedju, Liza! Mij zo laten verschieten. Wat komt gij hier doen?'

'Ik kom eens serieus met u spreken, peter.'

Oog in oog met hem staand leek hij haar nog gekrompen. Zijn gezicht was bezaaid met meeëters, zwart als de aarde onder zijn nagels en aan zijn legerbottines.

'Spreekt,' zei hij en wendde zich weer naar de grillige knollen, om er een strookje papier met 'mauve ster groot' aan vast te knopen.

'Ja maar, luistert ge wel?'

Hij ging rustig door met zijn werk. Trompetgeschal had ze niet verwacht, maar was dat nu een manier van doen voor een dooppeter tegen zijn petekind in geestelijke nood?

'Ik luister,' zei hij geduldig en hij nam het reepje met 'witte pompon klein'.

'Valt dan niet met uw façade in d'aarde van 't verschieten,' zei Elizabeth streng. 'Ik weet wie mijn pa is.' En nu heb ik hem liggen, dacht ze.

Hij stopte zijn gewroet.

'Wat zegt ge daarvan!' vroeg ze uitdagend.

Langzaam kroop hij recht en veegde met zijn vuile duim een veeg aarde over zijn neus. 'Waarom komt ge mij dat zeggen?' Hij ontweek haar triomfantelijke blik.

''k Dacht, 't zal hem wel interesseren, dat ik het nu ook weet.'

Plots sloeg hij zich een kruisteken of iets dat erop leek, terwijl hij zijn kleindochter verrast aanstaarde. 'Heeft ze... gesproken? Claire? Uw moeder?' Hij leek niet in staat het te geloven.

'Yep!' zei Elizabeth.

'Heeft ze 't gezegd...' fluisterde hij, en hij keek haar met een smekende blik aan.

Honds, vond ze. Straks vraagt hij mij nog wie het is, dacht Elizabeth, die zag dat 't hem toch nauwer aan het hart lag dan ze had vermoed. 'Maar 'k heb gezworen mijn mond te houden,' zei ze beslist.

Er zaten al ferm wat zwarte vegen op zijn neus, van het vele over en weer wrijven op zijn gezicht. 'Waarom komt ge mij dat zeggen?'

''t Is maar dat ge 't weet dat ik het weet,' zei ze kortaf en snelde weg, vóór hij eventueel nog iets kon vragen, over het veelkleurige grintpaadje de straat op. Die weet van niets, dacht ze, uitgezonderd zijn loon is er bij ons thuis nooit iets met hem gedeeld.

'Misschien weet ge zelf niet wie het is,' begon ze 's avonds zonder inleiding tegen haar moeder, die Wilfried zorgvuldig in de achterkeuken stond te scheren.

'Wie wie is?' vroeg Claire. Ze spande Wilfrieds vel vakkundig tussen duim en middelvinger, terwijl ze het scheermesje voorzichtig over de strakke huid liet glijden. 'Mijn pa, tiens,' zei Elizabeth tegen haar moeders gebogen rug.

Wilfried keek Elizabeth vanuit zijn ooghoeken hulpeloos aan.

'Zijt ge daar weer!' sneerde Claire bot.

'Misschien zijn er zoveel op u gekropen dat ge de tel kwijtgeraakt zijt.' Elizabeth kon haar gezicht niet zien, maar merkte hoe Claires handen vervaarlijk begonnen te trillen.

Wilfried gooide bruusk zijn hoofd in zijn nek en staarde zijn pleegdochter ontdaan aan.

'Peter heeft het gezegd,' probeerde Elizabeth zich vlotjes in te dekken. 'Ik kom er van. Ze zal 't niet weten, zei hij, gelijk die kattin in die mop, die wist ook van niets omdat ze met haar kop in de vuilbak zat,' giechelde ze.

In één beweging draaide Claire zich om en gooide in het wilde weg het scheermes naast het hoofd van haar dochter. 'Godverdomme! Godverdomme!' loeide ze als een zotgedraaide sirene.

Instinctief sprong Elizabeth achteruit, haar armen beschermend om haar hoofd. Met zijn goeie arm greep Wilfried Claire nog net bij een slip van haar rok. Die fractie van een seconde was voor Elizabeth voldoende om zich, de trap op naar boven, in veiligheid te brengen. Ze sloot zich op in haar kamertje, waar ze met wild bonzend hart luisterde naar het langzaam wegstervende, vreemde geluid.

Ze had mij de strot afgebeten, had ze gekund. Mijn bloedeigen moeder. Zo heb ik haar nog nooit gezien. Zo overdreven kwaad. Dat zal niet voor niets geweest zijn! Anders reageert ze gewoon níet meer. Ik zal er dicht bij zitten. De waarheid kwetst het meest. Ze weet verdomd zélf niet wie mijn vader is: zo simpel en zo stom dat geen mens er opkomt. Behalve ik, dacht Elizabeth. Ze had meer dan eens horen vertellen hoe haar moeder er vroeger zelfs een lolletje van gemaakt had. Een soort raadsel, voor gans het café, waarover iedereen zich de kop had gebroken terwijl niet één haar op één hoofd eraan gedacht had dat de oplossing misschien voor Claire zélf een levensgroot raadsel was! Juist door haar geheim expres te etaleren, het open en bloot voor hun voeten te gooien, was het nooit ontdekt. Hoe iets heel doms eigenlijk handig en slim kon zijn, bedacht Elizabeth. Maar niet slim genoeg, dus.

Beneden was het inmiddels rustig geworden. Ze zal hem al in zijn Elviskostuum gewrongen hebben. Die zijn er ook vroeg bij om te stoppen met werken, die van de gemeente. Elizabeth keek door het vernieuwde zolderraam naar de omgewoelde kale plekken in het nog grotendeels overwoekerde kerkhof. Een handjevol werkmannen, één krakkemikkig greppelgravertje en een allesbehalve systematische aanpak, dacht ze, het uitgestrekte terrein onder zich overschouwend.

Tegen de muur bij het hek stond een rij dekstenen en kruisen gestapeld. Die werden verkocht om ze opnieuw te gebruiken. Soms zat er een kunstig uitgehouwen steen tussen die veel geld waard was. Sinds de aanvang van de werken had Wilfried zich een nieuw plekje bedongen, bij het rechterraam, van-

waar hij de activiteiten met kennersblik kon gade-
slaan.

Sommige lijken verhuisden gewoon naar het nieuwe kerkhof, met graf en al. Van andere kon de steen,
mits de vereiste bewijzen, door de familie opge-
vraagd worden om hem bijvoorbeeld in de tuin te
zetten, als decoratie. Het was er een komen en gaan,
vergeleken met vroeger. Aan de stoffelijke overschot-
ten zelf werd niet geraakt, dat was ten strengste, en
bij wet, verboden. Uit piëteit voor de doden, hadden
de mannen beneden tussen pot en pint verteld. 'Alle
resten worden op herkomst gecheckt, t'hope gegooid
en verbrand.'

''t Is zo veel avance!' had Elizabeth gelachen. Ze
had subiet naar zo'n indrukwekkend doodshoofd
verlangd. 'En hoe ziet dat eruit, zo'n belegen lijk?'

'Veel rotting zullen we hier niet vinden,' hadden
de ervaren stielmannen gezegd, 'op een kerkhof van
vóór de plastieken zakken en de chemie. Schoon,
droog en proper. Meestal benen en stof. Geen pap-
kes, goddank, en geen stank.'

'En natuurlijke verzeping, hebt ge daarvan al gehoord?' Iedereen in 't café had aan hun lippen gehangen. 'Een speciale job ja, dat moogt ge wel zeggen. Ik
kan daar boeken over schrijven!'

Elizabeth was de eerste avond al bij die met de
grootste muil, de ploegbaas André, gaan polsen: 'Als
ge een schoon intact kopke vindt, zo gelijk 't mijne,
zult ge toch een keer aan mij peinzen, zeker? 't Is
voor mijn universitaire studies, volgend jaar, geneeskunde. Ik kan 't altijd zelf wel gaan halen, maar gij

zijt daarin meer thuis. 'k Zal u dan eens héél gaarne zien,' had ze gezegd, en met haar gelakte nagels op haar getuite lippen: 'U eens speciaal soigneren bijvoorbeeld, tegen terugbetalingstarief...'

'Met ongedekte secqs ben ik altijd te verleiden,' had hij gerepliceerd.

Eigenlijk wou ze er twee, ook een voor Kurt. Ze zou André, die gedurig zijn werk zat op te hemelen als was hij God de Vader zélf, wel om haar vinger winden. Die was gemakkelijk zot te krijgen.

Nu moest ze ervoor zorgen haar moeder niet te lossen. Die zat op het uiterste toppunt van haar zenuwen. Onbevredigde vrouwen hebben dat rap. Ze worden hysterisch. Ze kunnen niet voor zichzelf opkomen.

Grootmoeder Maria had altijd 't minste stootje voor haar dochter opgevangen terwijl Elizabeth alles zonder hulp, op haar eentje, had moeten uitdokteren. Altijd. Uiteindelijk had dat haar gesterkt. Terwijl Claire was verslapt. Mijn kindergeld, mijn studiebeurs en mijn aandeel als tussenpersoon in de commerce met de nieuwe klanten. Meer heb ik niet nodig om mijn toekomst te verzekeren, dacht ze. Op enige steun van de levende lijken hier beneden heb ik nooit gerekend.

Toch hadden haar moeder en grootmoeder het er dikwijls over, tegen de vaste stamgasten, dat 'hun' Elizabeth naar de universiteit zou gaan, alsof dat hun eigen verdienste was. Vooral bij Maria rolde er dat dan met onverholen trots, als vanzelfsprekend uit. Zodat het gemakkelijk en plat leek, een universitaire studie menswetenschappen, bijna niet te onderscheiden van een uitstapje naar een bordeel. Dat ergerde Elizabeth. Te meer omdat ze maar al te goed wist dat ze haar liever bij hen wilden houden, in 't Heilig Kasseiken. Al piepten ze in haar bijzijn ook daarover niet. Ze lieten haar begaan. Ze was slim genoeg, tenslotte, slimmer dan zij. Daarover was iedereen het eens.

Het was behoorlijk laat toen ze de trap afliep en nog snel wat at, in de keuken, voor ze achter de toog in het café verscheen.

'Haaa... 'k dacht dat gij al sliept,' glimlachte Maria terwijl ze geeuwde.

'Met al dat lawaai zeker,' antwoordde Elizabeth. Toen zag ze dat het meeste volk naar huis was. 'Als ge blokt, slaapt ge niet,' voegde ze eraan toe.

Claire zat te kaarten met een oude vriendin, Magda, een vrouw even dun en ijl als haar schaduw, met vier moeilijke kinderen van wie drie in een gesticht. Haar nieuwe aanhouder, veel jonger dan zij, zat naast haar. Aan de linkerkant zat Werner, de garagist, met wie het blijkbaar weer eens bijgelegd was. Wilfried lag, met scheefgezakt hoofd, te slapen in zijn stoel, tussen Claire en Werner in.

Elizabeth gooide een kushandje naar de twee zatlappen aan de toog en liep naar de kaarters. Claire, die met gesloten ogen van haar Pale-Ale dronk, zag plots haar dochter voor zich staan, en vergat de druppels van haar mond te vegen.

'Dag, make,' lachte Elizabeth plagerig.

'Hoe later op de avond, hoe schoner volk!' 'Liza, komt erbij zitten, kind!' riepen Werner en Magda enthousiast, hoewel ze niet toegesproken waren.

'Minuutje, mensen,' zei Elizabeth koel, en ze boog zich voorover en fluisterde in haar moeders oor: 'Ik heb gelijk, hé? Dat ge 't niet weet. Geeft ge 't toe?'

Claire keek haar met grote angstogen aan. Dan draaide ze haar gezicht naar de slapende Wilfried. Ze zweeg.

'Hé?' vroeg Elizabeth treiterig.

Het hoofd nog steed afgewend van haar dochter keek Claire naar de waaier kaarten in haar hand, en begon stilletjes te knikken.

'Ge geeft het dus toe,' zei Elizabeth streng.

Claire bleef treurig naar haar scheefgezakte waaier knikken, alsof ze heel slechte kaarten had en elk ogenblik kon beginnen schreien.

'Ik wist het,' schamperde Elizabeth, lacherig luid.

'Wat is dat hier voor stomme ambacht!' riep Werner niet onvriendelijk. Hij stond op winnen en popelde om verder te spelen.

'Gij houdt er u buiten, ventje!' sneerde Elizabeth agressief.

'Troebels? vroeg Maria achteloos, terwijl ze de koffiemachine bediende.

'Zou hij het eventueel kunnen zijn?' fluisterde Elizabeth langzaam en vol tegenzin in Claires oor. 'Kunnen zijn, zeg ik,' benadrukte ze dreigend.

Nog steeds zonder opkijken stopte haar moeder het hopeloos knikken en begon ze ineens energiek met haar hoofd 'neen' te schudden.

'Zeker?' vroeg Elizabeth uit de hoogte.

Plots mepte Claire haar kaarten open en bloot op de tafel, schreeuwde 'Laat mij gerust!' voor gans het café en liep snikkend naar de keuken.

'Gij zeker weer!' zuchtte Maria en ze wees nogmaals verbolgen Werner de deur.

Als een duiveltje uit een doosje sprong hij op. ''k Heb niets gedaan!' krijste hij verontwaardigd. 'Waar of niet!' zocht hij rechtvaardiging bij zijn spelmakkers. Die konden de waarheid bevestingen maar vonden het raadzamer van pijkens te gebaren.

Wilfried schrok wakker en keek versuft rond waar Claire gebleven was, terwijl Werner mopperend zijn Tuborg leegdronk en met slaande deur vertrok. Zijn rekening was tenminste tot de volgende keer uitgesteld.

'De godverdomse deugniet,' mummelde Maria, die naar de keuken liep om haar gevoelige dochter te troosten. Daarvan maakten Magda en haar nieuwe vrijer onmiddelijk gebruik – het spel was nu toch naar de obus – om elkaar hartstochtelijk in de armen te vallen en te kussen.

Wilfried hing er wat verweesd bij. Elizabeth gaf zijn karretje een kwartdraai naar haar toe en ging op haar moeders stoel naast hem zitten.

'Wilfried,' zei ze. Het was de eerste keer dat ze hem zo aansprak, misschien wel de eerste keer dat ze uit zichzelf het woord tot hem richtte, realiseerde ze zich, terwijl hij haar als van de hand Gods geslagen aankeek.

'Wilfried, wie is mijn vader?' Ze keek hem recht in

de ogen en probeerde niet op het speeksel te letten dat uit zijn scheefgezakte mond gleed.

'Ik herhaal: Wilfried, wie is mijn vader?'

Rusteloos begonnen zijn ogen te draaien, op zoek naar Claire of Maria. Bijna radeloos zelfs. Ook zijn goeie arm hing slap. Elizabeth wachtte. En wachtte. Waarop eigenlijk, vroeg ze zich af. Wat had ze verwacht? Een plausibele uitleg? Een overredend discours? Een reeks namen van potentiële verwekkers, alfabetisch gerangschikt?

'Eén naam,' zei ze geduldig en met het handdoekje dat steeds bij hem lag, veegde ze werktuiglijk zijn kin droog.

'Ee... ee... eee...' begon hij te hakkelen, met een levendige blik in zijn ogen.

'Kom op... vertellen...' moedigde Elizabeth hem als een kleuterleidster aan.

'Eeee... eeeee...' Verder kwam hij niet. Elizabeth zuchtte.

'Is hij het...' probeerde ze de angst in haar stem te verbergen. 'Werner, de garagist?' Aarzelend draaide ze hem een denkbeeldig stuur voor ogen. 'Ja?' Met dichtgeknepen hart bekeek ze nauwlettend de reactie op zijn gezicht.

Er welden langzaam tranen op uit zijn ogen. Die vermengden zich met het kwijl uit zijn mond. Verder gebeurde er niets.

's Anderendaags 's middags stond de drager van het advertentieblad vroeger dan gewoonlijk aan de deur van het Heilig Kasseiken. Hij liet zijn gammele auto

183

met open portier pal op de hoek vóór de deur van het café staan, en liep met modderige schoenen over de schoongedweilde vloertegels. Uit gewoonte hield hij een stapel bladen onder zijn arm gekneld.

Maria en Wilfried zaten juist aan tafel.

'Maria! Maria!' hoorden ze de man roepen.

'Ik kom!' riep ze met volle mond en ze slefte naar het café.

'Pieë Kabouter heeft zich opgehangen!' De arme man zag lijkbleek.

Moeilijk slikte Maria haar mond leeg. 'Ochot... Ocharme...' fluisterde ze zachtjes, en bleef staan waar ze stond.

'Belt naar de flikken!' zei hij, alsof die er nog iets aan konden verhelpen. ''t Is niet te doen, Maria...' Hij gooide de kranten op de toog en wreef zich met hetzelfde geweld over ogen en voorhoofd. 'Zoiets moeten meemaken... in 't stalleke.... God weet hoe lang hangt hij daar al...'

De man probeerde zich een sigaretje te rollen. 'Pieë houdt altijd wat zaaigoed opzij voor mij... Is dat verschieten! 'k Zweer het u, Maria... En op nog geen tien centimeter van de grond...'

'Ochotochotochottekestoch...' kreunde Maria. Ze liep naar de koelkast om hem een stevige borrel in te schenken.

Elizabeth hoorde na schooltijd dat haar peter zich had verhangen. Het trof haar, geheel onverwacht, overrompelend pijnlijk. Een mokerslag. Ik ben de laatste die hij gezien heeft, dacht ze. Een verpletterende stoot onder de gordel.

Toch schreide ze niet. Evenmin als de andere vrouwen. Ze zweeg. Ze sloot zich op in haar kamertje en probeerde te denken. Maar dat ging niet zo best.

'Zolang ge blijft geloven, ook al komt ge uit de stront...' hield ze zichzelf voor. En nog veel meer.

Omdat de politie erbuiten gehouden werd en dokter Van Acker, die altijd al had getwijfeld aan de geestelijke capaciteiten van Pieë Kabouter, uit piëteit plotse hartstilstand had bevestigd, kon de begrafenis snel praktisch geregeld worden. Alleen Wilfried was nog een probleem: met al die trappen aan de kerk, de afstand naar 't kerkhof, de volgwagens...

'Wat doen we met hem?' vroeg Maria aan haar dochter.

'Ik zal Wilfried zijn kar wel duwen,' zei Elizabeth fijntjes, tussen neus en lippen. Ze keken haar alledrie stomverbaasd aan.

'Maar enfin!' riep Elizabeth, ineens opgewonden. ''t Is toch mijn vader voor iets, zeker!'

'Ja... neen... ja... Da's wreed goed,' beaamden de vrouwen. Elizabeth glimlachte. Ze glimlachten samen, opgelucht, leek het wel.

Wilfried lachte niet. Hij had tranen in zijn ogen gekregen, zodat er toch één was die schreide.

C.I.P. KONINKLIJKE BIBLIOTHEEK ALBERT I

Daem, Geertrui

Een vader voor Elizabeth: verhalen / Geertrui Daem.
– 2de druk. – Antwerpen; Manteau; Amsterdam:
Meulenhoff, 1994. – 188 p.; 20 cm.
Voor België: ISBN 90-223-1331-X
Voor Nederland: ISBN 90-290-4806-9
Doelgroep: Proza
NUGI 300